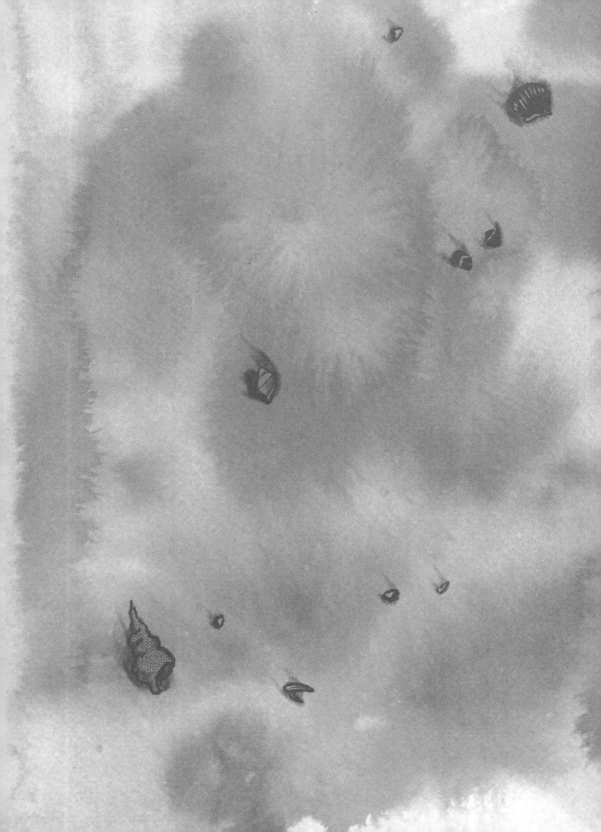

# THE BEST WE COULD DO

그림으로 그린 베트남 회고록

## 우리가 했던 최선의 선택

티부이 지음 Ι 정재윤 옮김

글·그림 **티부이**

티부이(THI BUI)는 베트남에서 태어나 어릴 적 부모님과 함께 미국으로 피란했다. 덕분에 그녀는 LP와 카세트테이프를 통해 비틀스와 폴 사이먼을 들으며 자랄 수 있었다. UC 버클리에서 예술과 법학을 전공했고, 한때는 인권 변호사의 꿈을 꾸었다. 현재는 캘리포니아 버클리에서 아들, 남편, 어머니와 함께 살며 공립학교 교사로 일하고 있다. 삽화가 활동에도 꾸준히 힘을 쏟아 2018년 그림책의 노벨상으로 불리는 칼데콧 상을 받았으며, 그녀의 그래픽 노블 데뷔작인《우리가 했던 최선의 선택》은 수많은 찬사와 함께 2018 American Book Awards를 수상했다.

옮긴이 **정재윤**

서울대학교 국어교육과를 졸업하고 독일 쾰른 대학교에서 일반언어학을 공부했다. 이후 여러 출판사에 근무하면서 출판 기획과 편집을 했고, 지금은 자유기고가로서 번역과 집필을 하고 있다.《영화 즐기기》《틀리기 쉬운 우리말 바로 쓰기》《14살에 시작하는 처음 심리학》《말과 글을 살리는 문법의 힘》《우리말 관용어》등을 썼고,《아이들과 함께 단순하게 살기》《쓸모없는 여자》《커피는 과학이다》《글쓰기에 지친 이들을 위한 창작교실》《모두가 행복한 지구촌을 위한 가치 사전》《모든 책을 읽어버린 소년, 벤저민 프랭클린》《작은 자본론》등을 우리말로 옮겼다.

## THE BEST WE COULD DO

Copyright © 2017 by Thi Bui First published in the English language in
2017 By Abrams ComicArts, an imprint of Harry N. Abrams, Incorporated, New York
ORIGINAL ENGLISH TITLE: THE BEST WE COULD DO
(All rights reserved in all countries by Harry N. Abrams, Inc. )
Korean translation copyright © 2018 by THE BOOK IN MY LIFE
Korean translation rights arranged with Harry N. Abrams, Inc. through EYA (Eric Yang Agency).

이 책의 한국어판 저작권은 EYA (Eric Yang Agency)를 통한
Harry N. Abrams, Inc.사와의 독점계약으로 '(주) 내인생의책'이 소유합니다.
저작권법에 의하여 한국 내에서 보호를 받는 저작물이므로 무단전재 및 복제를 금합니다.


**우리가 했던 최선의 선택** 그림으로 그린 베트남 회고록

티부이 지음 | 정재윤 옮김
초판 발행일 2018년 8월 7일 | 초판 2쇄 발행일 2019년 4월 8일
펴낸이 조기룡 | 펴낸곳 내인생의책 | 등록번호 제10-2315호
주소 서울시 서초구 나루터로 60 정원빌딩 A동 4층
전화 (02)335-0449, 335-0445(편집) | 팩스 (02)6499-1165
전자우편 bookinmylife@naver.com
편집 김정민 | 디자인 위하영

ISBN 979-11-5723-411-0 (03840)

*책값은 뒤표지에 있습니다.

*잘못된 책은 구입처에서 바꾸어 드립니다.

이 도서의 국립중앙도서관 출판예정도서목록(CIP)은 서지정보유통지원시스템 홈페이지(http://seoji.nl.go.kr)와
국가자료공동목록시스템(http://www.nl.go.kr/kolisnet)에서 이용하실 수 있습니다.
(CIP제어번호 : CIP 2018022257)

# THE BEST WE COULD DO

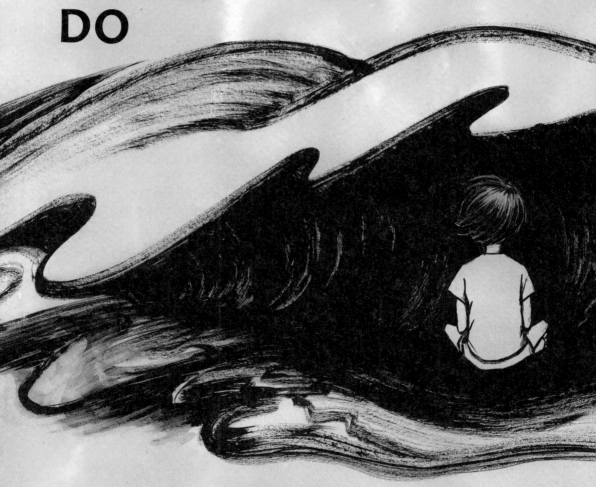

AN ILLUSTRATED MEMOIR
THI BUI

# 머리말

이 책의 씨앗은 2002년쯤 내가 대학원에 다닐 때 뿌려졌다. 그때 나는 하고 있던 미술 공부에서 조금 벗어나 구술 역사의 세계 속에서 헤매고 있었다. 우리 가족 이야기의 기록(그리고 내가 만든 어설픈 책)은 내가 그때까지 그린 어느 작품보다 의미 있는 것이었다. 70년대 후반 나는 우리 가족이 한 나라에서 도망쳐 나와 다른 나라에서 새 출발을 하게 했던 동력이 무엇이었을지 이해하려 애쓰고 있었다. 나는 내 프로젝트에 '베트남과 미국의 부이 가족:기억의 재구성'이라고 이름 붙였다. 거기에는 사진과 그림 몇 장이 실려 있었지만, 대개는 글로 이루어져 있었고, 상당히 학구적이었다. 그래서 이 역사를 어떻게 인간적이고 친근하며 지나치게 단순화하지 않는 방식으로 이야기할까 하는 문제에 직면했다. 그래픽 노블로 이야기를 하는 게 도움이 될 듯싶었다. 나는 만화 그리는 법을 배워야 했고, 2005년에야 첫 번째 페이지의 스케치를 할 수 있었다. 이 매체에 익숙해지기까지 나의 학습 곡선은 가팔랐다.

이런저런 이유로 이 책을 완성하기까지 아주 오랜 시간이 걸렸다. 내 아들이 한 살일 때, 이 책 또한 아직 어린아이였고, 우리 가족과 나는 뉴욕에서 캘리포니아로 이사를 했다. 나는 몇몇 사람들과 함께 이민자를 위한 공립 대안 학교를 오클랜드에 열고, 이곳에서 7년간 교편을 잡았다. 수많은 역사적 탐구가 필요할 뿐만 아니라, 매우 개인적이며 종종 고통스러운 일을 해내려고 애썼던 시간과 공간을 묘사하는 건 몹시 어려운 일이었다. 그만두고 싶었던 적도 많았다. 당시의 이민 문제와 내 학생들의 생활에 관한 개인적인 생각도 있어서, 나는 내 책에 《망명의 반응(리플렉스)》이라는 제목을 달고 방학 동안 작업을 했다. 그런데 이 제목은 '역류(리플럭스)'처럼 들릴뿐더러 또 다른 문제도 있었다. 이 책이 다루는 것을 모두 아우르지 못하는 제목이었기 때문이다. 그사이에 나는 우리 늙은 부모님뿐만 아니라 내 인생 또한 이 책과 몹시 관련이 깊다는 것을 인식하게 되었다. 그리하여 2011년, 나는 이 책이 부모와 자식에 관한 책이라는 것을 깨달았고, 결국 이 책의 제목은 《우리가 했던 최선의 선택》이 되었다.

이 책이 만들어지기까지의 긴 여정에서 수많은 사람들로부터 선물을 받았다. 훌륭한 출판사를 만날 기회를 얻었고, 존경하는 화가, 작가, 편집자들로부터 든든한 지원과 넉넉한 조언을 받았다. 이야기꾼들 그리고 마법을 일으키는 사람들과 동지가 되기도 했다. 가족에 의해 내게 심어진 조건없는 사랑과 신뢰, 경이로움 그리고 감사함으로 내 심장은 부풀어 오른다.

티부이
캘리포니아 버클리에서
2016년 7월

# 차례

CHAPTER 1
분만 · · · · · · · · · · · · · · · · · · · · · · · · · · · · · · · · · 7

CHAPTER 2
되감기 · · · · · · · · · · · · · · · · · · · · · · · · · · · · · · 29

CHAPTER 3
집 혹은 감옥 · · · · · · · · · · · · · · · · · · · · · · · 267

CHAPTER 4
피와 쌀 · · · · · · · · · · · · · · · · · · · · · · · · · · · · · 297

CHAPTER 5
같은 혹은 다른 · · · · · · · · · · · · · · · · · · · · · 137

CHAPTER 6
장기판 · · · · · · · · · · · · · · · · · · · · · · · · · · · · · 179

CHAPTER 7
영웅과 패자 · · · · · · · · · · · · · · · · · · · · · · · · 217

CHAPTER 8
해안 · · · · · · · · · · · · · · · · · · · · · · · · · · · · · · · · 269

CHAPTER 9
불과 재 · · · · · · · · · · · · · · · · · · · · · · · · · · · · · 299

CHAPTER 10
밀물과 썰물 · · · · · · · · · · · · · · · · · · · · · · · · 313

# CHAPTER 1

# 분만

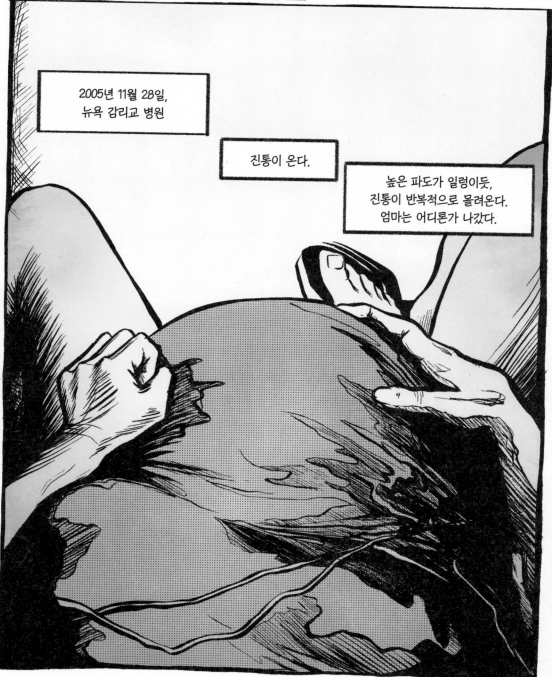

엄마는 첫 아이를 낳는 날 돌보기 위해
캘리포니아에서 날아왔다.

그토록 먼 거리를 날아왔건만,
고통스러워 하는 딸의 모습을
보는 건 괴로운 듯하다.

나는 투약을 거절했다.
진통은 밤새 지속되었고,
아기는 아직 나올 기미가
보이지 않는다.

간호사, 제왕절개
준비하세요.

의심이 구름처럼
일기 시작한다.

하지만 …

내 결심을 의사가
바꾸려 한다.

그러나 지금 내가 항복한다면,
아주 오래전으로 돌아가
완전히 포기하고 싶어질 것 같다.

아이가 아닌,
어머니가 되는 것을.

간호사가
수술 도구를
가져온다.

나는 배 속부터 시커먼 기운이
꽉 차는 걸 느낀다. 어릴 때도
이런 느낌을 받은 적이 있었다.
그때 아빠는 조심성 없이 내 앞에서
엄마에게 강간 이야기를 했다.

가위가 질 속으로 들어온다.

그리고 안쪽을 벌린다.

이제 내 패배가 시작된다.

등뼈와 척수 사이로
바늘이 들어온다.
점차 감각이 무뎌진다.

의사들이 종종 이런 시술을
권한다고 친구들에게 들었다.

아기가 나올 질 입구를
넓히기 위해 회음을
절개하는 시술 말이다.

의사의 반응은
충격적이었다.

이건 필요한 조치입니다.
만일 아기가 너무 크면 당신의 질 입구부터
안쪽까지 모두 찢어질 수도 있어요.
예전에 어떤 여자분은 아기가 나올 때 …

그만!

제발
그만하세요!

일어나세요.
시간 됐어요.

아무 느낌이 없다.
어떻게 힘을 줘야 할지도 모르겠다.

간호사들 더
들어오라고 하세요.

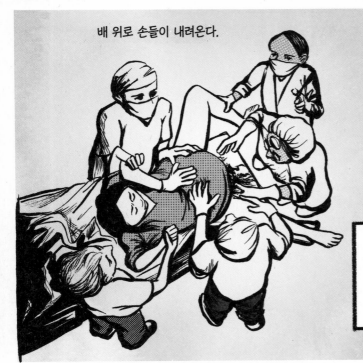

배 위로 손들이 내려온다.

손들은 내 배를 누르고
쓸어내리며 소리쳤다.
트래비스는 나를 쓰다듬었고,
엄마는 뒤에서 안절부절못했다.

의사의 고함, 약물이 주는 몽롱함,
기진맥진한 나를 거쳐 마침내 찾아왔다.
새벽이 밝아 오기 전에 내게로 왔다.

작은 목소리,

노인 같은 눈, 멍한 표정.

손들이 내 떨리는 배 위에
작고 따뜻한 몸을 내려놓는다.

내가 가장 먼저 한 생각은…

손들이 아기를 빼앗아간다.

진통이 더 찾아온다.

태반을 제거해야 하기에,
나는 침대에
더 누워 있어야 한다.

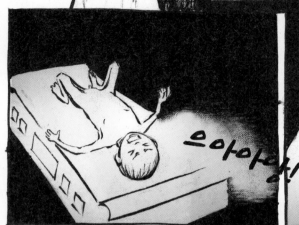

으아아앙!

그사이 엄마는 활기를 되찾았다.

이거 가져가시겠어요?

우웁!

그들은 트래비스와 엄마를 밖으로 내보내고,
나에게 말한다.

일어나세요.

걸어가세요.

아기를 병실로 데려올까요? 아니면 신생아실에 둘까요?

710

병원 용어로 답하기엔, 너무 피곤했다.

여기…
내 옆으로…

간호사는 기계적으로 움직인다.

VOLUME

아기를 흔들지 마세요!

아기 여기요.
안녕히 주무세요.

그러고는…

으아아아앙!

나는 아들을 재우려고 토닥거려 보지만,
아기는 계속 운다.
할 수 없이 들어서 안아 보니…

으아아아앙!

아기는 주먹을
입에 자꾸 넣는다.

내 가슴에서 무언가 나올 거라는
확신은 아직 없다. 그러나 적어도
아이를 진정시킬 수는 있을 거다.

커튼 너머 변기 물
내리는 소리가 들린다.
죽음을 본 것 같다.

끼익!
끼익!

시체가 담긴
수레를 미는 소리.

그러나 그것은 침대로
돌아오는 같은 방 여자가
내는 소리일 뿐이다.

나는 다시 아기를 서툴게 천으로 감싼다.

커튼 너머로 여자의 목소리가 들린다.

꿀꺽 꿀꺽 꿀꺽 삐걱 바스락 와! 와

오, 내 딸!

참 잘 먹는구나!

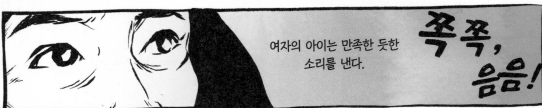

여자의 아이는 만족한 듯한 소리를 낸다.

쪽쪽, 음음!

커튼 뒤 여자와 나는 아이들 우는 소리에 밤새 번갈아 잠을 깬다.

아침, 나는 기저귀 가는 법을 배운다.

여보세요?
간호사죠?

기저귀가 달라붙었을
때는 어떻게 하나요?

그리고
모유 수유 교실에 간다.

강사는 친절하다.

가슴 크기와
모유 양은 아무
관계가 없어요.

이건 풋볼 수유
자세라고 합니다

이렇게 하면
한 손이 자유롭지요.

하지만 …
아이를
돌보는 건
너무 힘들다.

트래비스와 엄마가 왔다.

손에는 음식과
옷가지가 들려있다.

소고기, 숙주, 그리고 바질이 들어간
뜨거운 쌀국수… 집에 온 느낌이다.

아이의 몸을 씻기고, 젖을 먹이는 일.
실로 대단한 일이다. 이제야 쉴 수 있다.

나는 맑은 눈으로
내 아들을 본다.

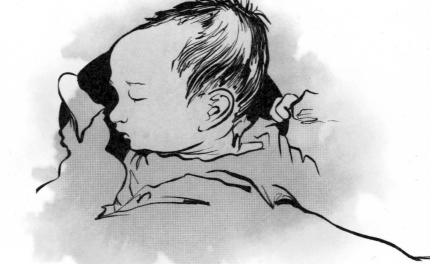

아이는
신비로운 수정 같다.
숨을 쉬고 성장한다.

엄마 세대에는 남편들이 이런 신비로운 일을 경험할 수 없었겠지.

나는 혼자 진통을 겪고 있었는데,

너희 아버지는 영화를 보러 가더구나.

자기는 정말 멋졌어.

만약 자기도 그랬다면, 나는 자기를 떠났을 거야.

엄마는 아빠를 떠나기까지 28년이 걸렸다.

장모님 피곤하시겠어. 내가 집으로 모시고 갈게.

방금 아기를 낳은 나만큼 당신도 피곤해 보여.

하하! 조금 쉬어.

몇 시간 뒤에 다시 올게.

막중한 책임감이 느껴진다.

엄마에 대한 공감이
물결처럼 밀려온다.

# CHAPTER 2
# 되감기

2015년, 캘리포니아 버클리

아이를 갖는 일은 큰 책임이
따른다. 심지어 안정적인
직업과 은행 대출 같은
더 큰 책임으로 이끈다.

그러나 늘 그런 건 아니다.

**1999년, 캘리포니아 샌디에이고**

어렸을 때 나는 화가가 되기 위해, 화가 남자 친구와 함께 살기 위해 뉴욕으로 가길 원했다.

다행스럽게도 엄마는 나와 의절하진 않았다.

정말 함께 살아보려고?

음 …

괜찮지?

……

알았어.

이민자 가족 아이에겐 꿈같은 일이었다.

휴!

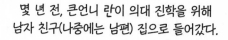
몇 년 전, 큰언니 란이 의대 진학을 위해
남자 친구(나중에는 남편) 집으로 들어갔다.

따르릉!

… 그때 엄마는 참으로 힘든 시기를 보냈다.

1993년~1995년, 미네소타 로체스터

여보세요?

5:00 P.M.

딸깍!

따르릉!

여보세요?

딸깍!

6:00 P.M.

따르릉!

여보세요?

여보세요,
란? 엄마다!

7:00 P.M.

당시 엄마는 혼전 동거를
부정적으로 생각했다.

31

그러나 당신의 딸이 처음 그 일을 저지르자,
엄마는 무너져 버렸다.

아빠나 엄마가
물어보면, 우리 셋이
공원에 갔다 왔다고
말해!

알았어.

둘째 언니 비크는
대학에 다니고 있었다.
비크는 고등학교
때부터 남자
친구가 있었다.

하지만 우리는
언니의 남자친구
와 말을 나눌 수
없었다.

이 비밀은 잘 지켜지지 않았다. 그리고
우리 가족에 커다란 균열을 가져왔다.

그 남자애도
같이 공원에
있었니?

아뇨.

응.

그래,
맞아요.

엄마! 어떻게
내 일기장을
볼 수가 있어?

어떻게 나에게
거짓말을 하고 그런…
더러운 짓을 할 수 있니?

엄마를
사랑하지 않니?

미안해요.

그 남자애를 다시는
만나지 않겠다고
약속해라!

32

비크가 가출을 하기 전까지 늘 이런 식이었다.

엄마는 침실로 들어가, 약 한 병을 통째로 털어 넣었다.

쾅!

왜 구급차를 부르지 않았을까?

란 언니가 있었다면 괜찮았을 거다. 그러나 란 언니는 아빠와의 갈등으로 지난해 집을 나가고 없었다.

그래서 집에는 남동생과 나 그리고 아빠밖에 없었다.

우리는 무슨 말을 해야 할지, 무엇을 해야 할지 몰랐다.

이제 비크는 잊어라.

걔는 우리에게 죽은 것이나 마찬가지야.

만약 엄마가 영영 일어나지 않는다면,
나는 어떻게 됐을지 알 수 없었다.

우리는 그 사건에 대해
더는 입에 담지 않기로 했다.

내가 그 사건을 잊어버렸다고
엄마가 믿을 때까지…

내가 너에게
말을 했었나…?

나도 거기
있었어!

어떻게 내가
잊었을 거로
생각해?!

거의 30년이 지났지만, 내 안엔
여전히 풀리지 않은 분노가 있었다.

이들이 내 가족이다.

엄마

아빠

꾸옌

란

비크

발음을 조심해 줘, 알았지?

타오

티

탐

나도 우리 작은 가족을 어떻게 꾸려가야 할지 조금은 알게 되었다.

그러나 아이처럼 굴지 않으면서, 부모와 자식 노릇을 동시에 하는 방법은 배우지 못했다.

우리는 정말 멍청이였어.

누구, 우리?

그건 나쁜 말인데…

우리는 형편없는 2세였다고.

부모님은 배를 타고 베트남을 탈출했다.
덕분에 우리는 자유의 땅에서 자랄 수 있었다.

당신은 우리가 부모님께
훨씬 더 고마워해야 한다고
생각할 것이다.

이제 나는 부모님이
그 믿기 힘든 여정을
시작했을 때 보다
더 나이를 먹었다.

그러나 나는 그들
곁에 있으면 언제나
징징대는 아이일 수밖에
없다는 생각이 든다.

그들은 내게 하나의 상징이자 의미고,
한으로 가득찬 깊은 골짜기다.

트래비스와 나는 2006년에 캘리포니아로 이사를 했다. 우리 아들을 가족들과 가까이 기르기 위해서였다.

탁!

그동안 뉴욕에서 살며 가꾸었던 우리의 삶을

성인으로서 부모님을 더 이해하는 삶과 바꾸기로 다짐했다.

그게 어떤 결과를 낳을지는 모르겠다. 그러나 적어도 무엇이 아닌지는 깨달았고, 지금은 이해한다.

가까이 있다고 해서 가까워지는 것은 아니다.

미국 사람들 눈에 우리는
유대가 긴밀한 대가족으로 보일 것이다.

엄마는 바로 뒷집에…

언니 란과 그녀의 가족은
두 블록 떨어진 곳에…

아빠는 네 블록 떨어진
노인 아파트에 산다.

남동생 탐과 그의 가족은
같은 마을에

언니 비크와 그녀의 남편은
마을 두 개 너머 산다.

와, 드라마 속
가족 같잖아!

부모님은 은퇴하셨고, 건강도 좋으셔서 하고 싶은 일을 소일하며 사신다.

그러나 여전히 외로워하셨고, 연로하신 만큼 은근히 우리가 더 보살펴 주기를 바라는 눈치였다.

베트남에서 70대라면, 그들은 노인 취급을 받았을 것이다.

그러나 미국에서는 부모님 나이에 마라톤을 하거나, 적어도 독립적으로 사는 사람들이 많다. 부모님은 지금 상반된 기대 속에 불확실한 상태로 갇혀 있다.

그리고 나는 죄책감을 느낀다.

나는 외할아버지 외할머니와
함께 살지 않았다.

나이 드신 분들은
좀 이상하신 거 같아.

엄마의 부모님은 내가 12살 때 미국에 왔다.

그들은 큰아들 하이와 함께
두 시간 떨어진 곳에 살았다.

엄마,
한 번 들르세요.
기다릴게요.

이상한
전통이야.

며느리보다 친딸이
부모를 더 잘 모시는 게
맞지 않니?

그런 관계 속에서
나는 차를 따르는 법과
선물 드리는 법을 배웠다.

휴우.

그러나 부모님과 가까워지는 법은
배우지 못했다.

아버지는 늘 자기한테는 부모가 없다고 말했다.

내가 20대일 때, 할아버지가 베트남에 살고, 우리를 보고 싶어 한다고 들었다.

우리랑 함께 갈래요, 아빠?

아니, 그럴 필요 없다.

베트남에서 나는 할아버지뿐만 아니라, 고모, 삼촌, 사촌으로 이루어진 가족 모두를 만나보았다.

우리는 아버지에게 그들을 만나보라고 간곡히 말씀드렸다.

그러나 그는 만날 생각이 없었다.

그리고 할아버지는 몇 년 전 돌아가셨다.

베트남 여행 직후(1978년 밀항한 이후 첫 번째 여행이었다)…

나는 우리 가족의 역사를 기록하기 시작했다.

과거와 현재의 간극을 매울 수 있지 않을까…

부모님과 나 사이의 공간을 채울 수 있지 않을까…

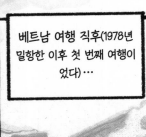

그리고 잃어버린 무언가의 상징이 아닌, 실제 장소로서의 베트남을 볼 수 있지 않을까…

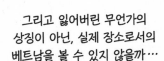

한 인간으로서 부모님의 모습도 볼 수 있지 않을까…

그분들을 더 사랑하는 법을 배울 수 있지 않을까…

나는 부모님께 그들의
삶에 관해 끝없이 질문했다.

전쟁과

한때는 고국이었던
나라에 대해서.

그러면 엄마는
늘 우스운 이야기를 하거나
쇼핑을 하러 가자고 했다.

이번에도 엄마는
유머로 얼버무리고 난 뒤 물었다.

저녁을
어떻게 할까?

아직 묻지 못한 중요한 이야기가 많은데, 저녁 이야기는 하고 싶지 않다.

내 생각에 엄마는

"사랑한다."라는 말이 목에 걸린 게 분명하다.

그래서 엄마는 선물을 사 주고,

입어 봐!

안 맞을 거 같아!

그냥 한번 입어 보라니까!

엄마! 우리가 저녁은 차려 먹을 수 있어요.

저녁 이미 차려놨다.

푸른 채소는요?

요리를 해 주신다.

또 흰 쌀밥이야?

아, 안 돼!

내 생각에 나도 엄마에게 "사랑한다."라는 말은 못 할 것 같다.

우리는 어쩌다
이 외로운 곳에
떨어지게 되었을까?

우리는 이토록
가깝게 살면서도
아직 서로 멀게
느낀다.

나는 여전히
과거를 탐색한다.

혁혁!

탐의 출생

1978년, 말레이시아
유엔 난민 보호소

엄마는 저녁을 짓다가
진통을 느꼈다.

엄마는 요리를 마치고
모두를 먹인 다음 말했다.

아기가
나오려나 봐!

하이 삼촌!

하이 삼촌,

아기가 나온대요.

언니들이 도움을 청하러 달려갔다.

자! 산파에게 가야 해.

윽!

서 있기도 힘들어.

하이 삼촌은 낡은 천막을 잘라 해먹을 만들었다.

아빠가 손전등을 비추며 사람들을 이끌었다.

연락선이 강을 건너자
아빠와 하이 삼촌,
그리고 친구만 남고
모두 보호소로 돌아갔다.

이들은 경찰에 배를
보내 달라고 연락했다.

가까스로 산파의
오두막에 도착했을 때,
산파는 안에서 곡식
껍질을 벗기고 있었다.

무슨 일이 있는지 알리는 데는
그리 많은 영어가 필요 없었다.

우리 누나!

음…

하!

오, 그래요!
안으로
들어오세요.

탐은 약물의 도움 없이도
일찍 세상에 나왔다.

아아아아아악!

아들이에요!

하이 삼촌과 친구는
보호소로 돌아갔다.

엄마는 파리
한 마리 쫓을 힘도
남아 있지 않았다.

아빠는 새로 태어난 아들을 팔로
꼭 껴안고 바닥에 누워 잠을 청했다.

나의 출생
1975년, 사이공

같은 해, 아빠의 할아버지가 돌아가셨고, 엄마는 나를 임신했다.

부모님은 할아버지의 묘가 안장된 디안으로 가는 길에 자비의 여신인 팟바쿠안암의 거대한 신상에 들렀다.

그리고 몇 달 간 여신에게 나의 안전을 기원했다. 내가 태어난 후 나의 얼굴을 보고는, 그 여신의 얼굴과 꼭 닮았다고 좋아했다.

비크의 출생.
1968년, 사이공.

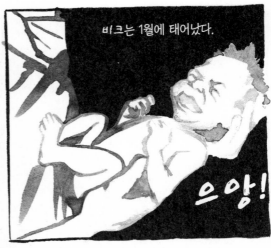

비크는 1월에 태어났다.

으앙!

2주 뒤, 구정 대공세*가
시작되었다.

보통 설 연휴엔
거리가 조용하다.

가게들은 문을 닫고,
가족들은 모여 새해
음식을 함께한다.

구정 대공세 : 1968년 1월 30일 밤부터 전개된 베트남 인민군과 남베트남 민족해방전선의 대공세.

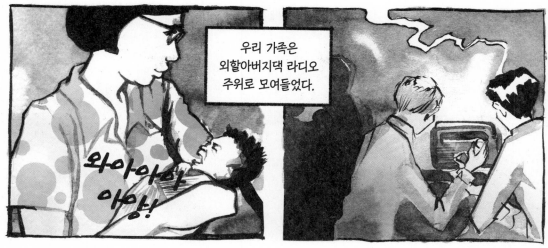

그때 엄마는 겨우
22살이었다.

으아아아앙!

용감한
딸이로구나.

첫째 꾸엔이 죽었을 때,
엄마는 21살이었다.

꾸옌의 출생.
1965년, 사이공

꾸옌의 미소는
온 세상을 환하게 했다.

하지만
꾸옌이 세상에
머문 시간은
길지 않았다.

베트남 사람들은 아이에게
좋은 이름을 주면 안 된다고
믿는다. 질투심 많은 영혼들이
아이를 빼앗아 간다고 믿기 때문이다.

부모님은 이에 대항이라도 하듯, 당신들의 첫 아이에게 '거대한 강'이란 뜻을 가진 이름을 주었다.

장꾸옌.

부유했던 외할머니는 엄마에게 모유 수유를 하지 말라고 했다.

나는 모유 수유를 하지 않았다. 그래도 아이를 일곱이나 길렀지.

한 달 만에 아이의 건강이 나빠졌다.

아이가 분유를 소화하지 못하는군요.

분유 대신 당근즙을 주세요.

당근즙을 먹이기 시작하자 아이의 피부가 점차 누런색을 띠었다. 그때 부모님과 함께 사시던 친할머니는 한탄하셨다.

아이고, 불쌍해라!

당근즙에 분유를 조금 타서 먹여 볼래?

얼마 뒤 아이는 다시 아팠다.

부탁이에요!

의사 선생님을 좀
불러 주세요!

기다리세요.

일손이
모자라요.

# 1965년 9월, 그랄 병원

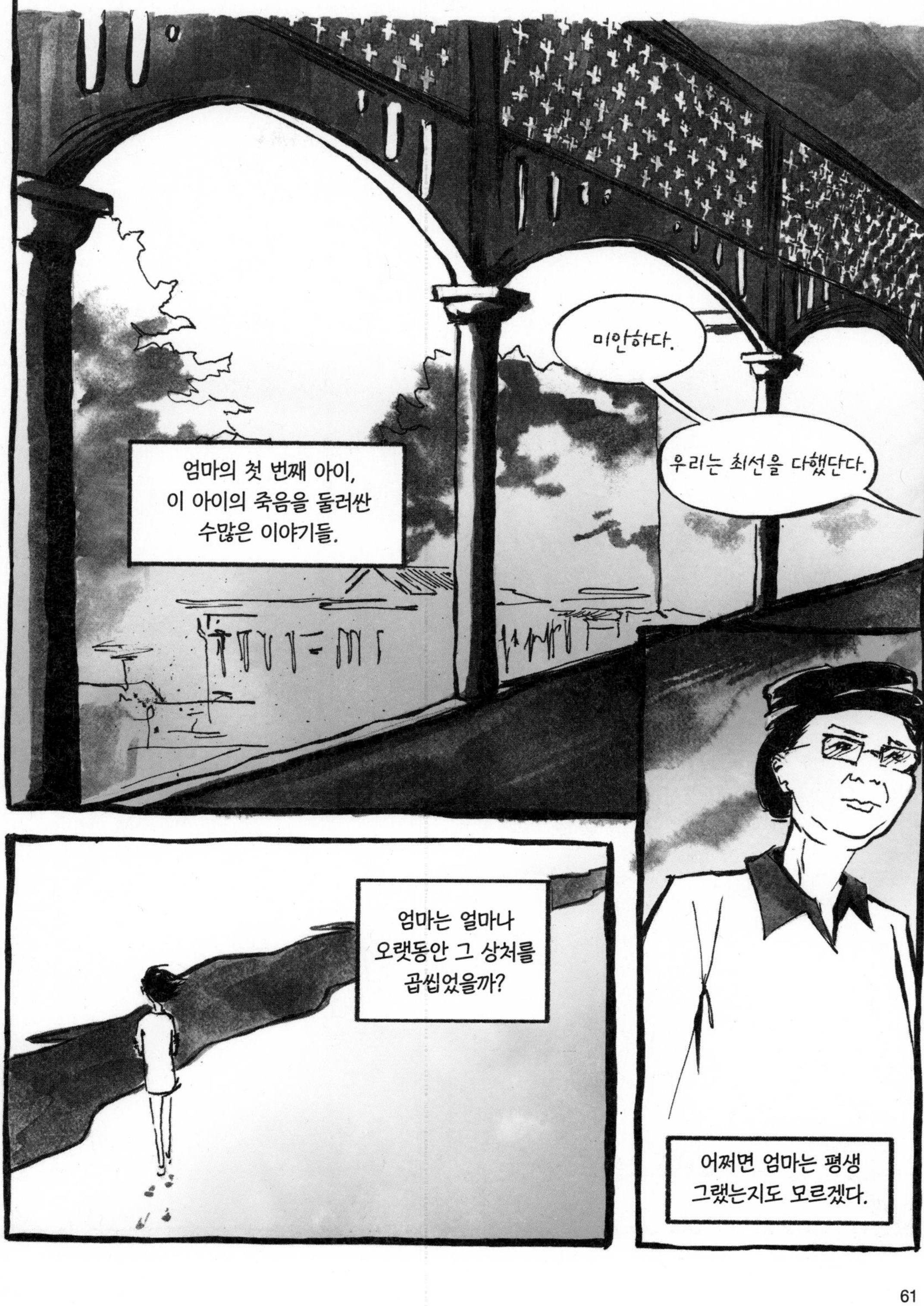

아이를 잃은 상처는
어떻게 치료할 수 있을까?

아이를 잃은 상처와
비교할 만한 게 있을 수 있을까?

부모님은 우리를 보면서
조금이라도 실망했을까?

그렇게 큰
희망들…

그렇게 많은
가능성들…

결코 이루지 못할…

부모님은 슬픔을
깊은 곳에 묻고,
우리들에게 드러내지
않으셨지만,

부모님과 우리 사이를 가르는
분명한 그늘이 존재했다.
그 그늘은 우리의 어린 시절을
잿빛의 적막으로 뒤덮었다.

비크 때는 내가 다른 도시에 살고 있었지만, 다른 아이들 태어날 때는 내가 병원까지 직접 태워다 줬잖아!

나는 대기실에 있었어. 마스크를 쓰고 바라보기만 했지. 베트남이었잖아! 남자들은 못 들어가게 했다고!

만약 내가 영화를 보러 갔다면 아마 무서워서 그랬을 거야!

당신이 죽을까 봐 무서웠다고. 그럼 나는 홀로 남아야 하니까!

장꾸옌이 태어났을 때 당신은 분명 영화를 보러 갔어요.

아빠가 그렇게 최악이었나?
사실 기억은 잘 나지 않는다.

그래도 캘리포니아 샌디에이고에 있던
오렌지색 아파트에서의 기억은 난다.

매끈한 콘크리트. 직선으로 늘어선 풀밭과 주차장.

병솔 나무와
사이프러스 나무.

그리고 계단.

밀실 공포증을 느끼게 하는
어두운 내부.

주의 이름을 딴
거리 이름과 대통령의
이름을 딴 학교들.

그리고 우리를 한걸음 더
미국인으로 변화시킨
블록 하나하나, 하루하루가 떠오른다.

우리가 오렌지색 아파트로 이사한 같은 달, 샌디에이고에서는

16살짜리 소녀가 집 앞 도로를 건너는 초등학생들에게 소총을 겨누었다. 두 명이 죽고, 아홉 명이 다쳤다.

당시 시장은 피트 윌슨이었다.

윌슨은 나중에 내가 증오하는 캘리포니아 주지사가 된다.

불법 체류자는 돌아가라!

주 의!

지원을 중단하라!

우리 주를 지키자!

역사상 가장 반이민적인 법률을 지지했기 때문이다.

샌디에이고는 미 해군과 해병대 기지가 있는 곳으로 베트남 전쟁의 상흔이 여전히 깊은 곳이다.

그래서 모든 사람이 우리의 존재를 환영하진 않는다.

나는 미국 대부분을 책과 TV를 통해서…

그리고 학교에서 언니들이 배워온 지식을 통해 배웠다.

매일 아침 우리는 말해야 해. "나는 국가에 대해 충성을 맹세합니다

신의 가호 아래 분리할 수 없는 한 나라로…"

하지만 미국인이 되기 위해 이정도로는 부족했다.

멍청한 동남아 새끼!

퉤!

그들이 우릴 받아들일 수 없는 이유가 여럿 있었다.

우리 부모님에겐 결코
돌아갈 수 없는 시간과 장소가 있었다.

집은 마치 좌절감을
가둔 감옥 같았다.

미국의 찬란한 도시에
결코 섞여서는 안 되는
부정한 존재 또한 가둔…

교육 위원회 일은 잘됐어요?

아니.

우리 학위는 인정 안 해줘.

우리 언니 회사에 일자리가 있대요.

최저 임금이긴 하지만, 정규직이래요.

회로판을 조립하는 일이에요.

끔찍하구먼.

알았어요. 그럼 내가 할게요.

그래.

되돌아보면, 아빠의 잘못된 결정이었다.

어린 두 아이와 함께 집에 있기로 한 것은.

당시 나는 엄마가 해가 뜨기 전에 나간다는 걸 알았다.

그리고 탐은 엄마가 창문을 올려다보며 인사 하는 것을 잊거나,

엄마가 보고 싶을 때면, 창문에 매달려 울었다.

언니들은 제 손으로
준비를 하고

학교까지
걸어갔다.

탐과 나를
남겨 두고…

아빠와
우리만.

내 기억에 아빠는
담배를 자주 태웠다.

그리고 가끔 우리들과
놀아 주었다. 그건 좋았다.

그러나
우리가 몰랐던
문제가 있었다.

아빠의 화가 터졌을때나

불길한 일이 있을 때 집으로 가져오는 물건들.

저거 유령이야?

왜 벌거벗고 있지?

아빠는 우리에게 늘 무서운 이야기를 해 주었다. 재미로가 아니라 우리를 가르치기 위해서였다.

만일 모르는 목소리가 너희 이름을 부르면,

대답하지 말아라.

그것은 너희를 속여서 입을 벌리게 한 다음 몸속으로 들어가려는 귀신이란다.

티 …

그때 우리가 정말 무서워했다는 것을 아빠는 알았을까?

의도적으로 그런 건 아니었을 것이다.

따르릉, 따르릉.

아빠는 몰랐을 뿐이다.

따르릉, 따르릉.

우리를 보호하는 방법을…

여보세요?

하아…하아…

여보세요?

너의 그것을 먹고 싶다!

쾅!

아빠 그게 무슨 뜻이야?

성인이 된 지금, 나는 아이에게 안도감을 주려면 어떻게 대답해야 하는지 안다.

그러나 아빠는 당시 그런 식으로 생각하지 못했던 것 같다.

그놈이 네가 여자애라는 것을 어떻게 알았지?

썅!

길 건너에 사는 변태야. 내가 알지.

그놈이 창문으로 지켜보고 있나 보다.

바깥에 있는 그림자를
더 의식하게 할 뿐이다.

탐은 숨을 참으려고 했다.

더는 참을 수 없을 때까지

하지만 탐이 숨는 장소도
위험으로 가득했다.

탐은 바지를 버리지 않으려고 똥까지 참으면서.

몇 시간씩이나 옷장에 숨는 습관이 생겼다.

나는 정반대로 초자연적인 것에 빠져들었다.

아빠의 책을 읽고 또 읽고, 물건을 관찰하고, 그림을 연구했다.

세세한 부분까지 모두 기억할 수 있을 때까지.

그렇게 우리는 하루하루를 보냈다.

우리는 란과 비크가 돌아올 때까지 밖에 나가지 않았다.

그러고는 가능한 한 오랫동안 밖에서 놀았다.

엄마!

저녁이면 우리는 종종 함께 영화를 보았다.

내가 5살 때
'엑소시스트'를 본 기억이 난다.

우리가 보는 영화엔
나이 제한이 없었다.

그리고 다른 아이들과 달리
우리는 잘 시간이
정해져 있지 않았다.

주말에는 고모나 친구 집에서 저녁을 먹기도 했다.

남자들은 술을 마시고 담배를 자주 피웠다.

당신, 운전해도 괜찮겠어요?

물론이지!

나는 술을 마시면 운전을 더 잘한다니까!

잠이 들기 전, 나는 흐르는 차들의 불빛이 만드는 두 개의 강을 상상했다.

한 쪽은 천국으로…

우리 쪽은 지옥으로…

자면서 나는 집으로
가는 길을 찾지 못하는
악몽을 꾸었다.

나는 하늘을 나는 꿈을 꿔 본 적이 없다.
가출 하겠다는 생각도 한 적이 없다.

아빠가 내게 해 주었던 유체 이탈
이야기와 베트남에서 한다는
끔찍한 장난 이야기가 기억난다.

너희 삼촌 친구
하나가 자다가
유체 이탈을 했어.

친구들이 장난으로 유체
이탈한 친구를 다른 사람으로
변장시켰어.

그러자 그 친구의 영혼이 자기
몸으로 돌아가려고 하는데 자기
몸을 알아보지 못하는 거야.

그러자 다른 영혼이
그 친구를 빼앗아 버렸어.

그래서 그 뒤로 그 친구는
미친 사람이 되어 버렸대.

그러다가 문득, 무섭지 않은 척을 하는 것만으로도 사람들을 놀라게 할 수 있다는 걸 알았다. 대차게 행동하는 것도 공포를 극복하는 방법이었다.

아, 목말라!

나도 …

그런데 부엌은 어두워서 무서운데 …

내가 갈게!

정말?

설마!

꿀꺽!

내 머릿속에는 나름의
이유가 있었다.

죽은 자들은
우리에게 말을
걸지 못하게
되어 있지.

우리는 서로
다른 세계에 있어.

우리가
세상들 사이의
문을 열 수 있다면 …

내 세상은 작지만,

때론 그 안에서
자유로워지는 꿈을 꿀 수 있어.

이게 내가 가장 좋아하는 꿈이야.

# CHAPTER 4
# 피와 쌀

나와 아빠, 지금 우리 사이는 괜찮다.

아빠를 두려워하지 않기 위해
나는 성장했고 집을 떠났다.

그리고 나는 돌아왔다.
아빠와 나는 지금 엄마의 스튜디오에
앉아 있다. 우린 손님으로 왔을 뿐,
서로가 서로에게 속해있지 않다.

아빠가 어떻게 해서 지금의 모습이 되었는지를 이해하기 위해서는

아빠의 어린 시절에 무슨 일이 있었는지를 알아야 했다.

이야기를 듣기 위한 질문을 찾기 까지는…

정말 오랜 시간이 걸렸다.

질문을 찾자, 이야기들이
시작도 끝도 없이 술술 흘러나왔다.

들도 보도 못한 일화들…

상처 아래의 덧난 상처들…

하이퐁에 있는 연못에서부터
이야기를 시작해 볼까?

1951년, 아직 베트남이 프랑스령 인도차이나반도의 일부였을 때

아빠의 할아버지와 큰아버지는 하이퐁의 북부에 도로를 건설하는 일에 참여했다.

중국과의 국경에서 200 km 떨어진 하이퐁은 북쪽 지방에서는 가장 중요한 항구였다.

중국

하노이

하이퐁

라오스

남중국해

타이

처음 길을 닦았을 때, 그들은 자기들의 이름을 길에 붙였다.

응오감푸옹 길

사다카르노 대로

그러고 나서 땅을 파기 시작했다.

그들은
집의 기틀을 세우기 위해
진흙을 팠다.

그들은 가로 9m에 세로 3m
넓이의 부지 위에 집을 지었다.

집을 더 많이
지을수록

웅덩이는
더 커져 갔다.

비가 내려
웅덩이에 물이 찼다.

사람들은 부레옥잠과 공심채,
나팔꽃을 심었다.

그리고 연못에 새우와
물고기를 풀어 넣었다.

아빠가 수영하는 법을
배운 곳이 이곳이었다.

처음에는
빨래 대야를 갖고
물장구를 쳤다.

좋았어!

그다음에는 나무판자를 갖고 했다.

아빠는 작은 새우도 잡았다.

새우는 많았다. 그래서 아침에
할아버지의 배를 보면, 몇백 마리의
새우가 밤새 기어 올라와 있었다.

할아버지!

오늘 학교에 안 가고
집에 있어도 돼요?

아빠의 어린 시절에 관한 이야기는
모두 달랐지만, 결말은 똑같았다.

이 이야기는 하이퐁의 북쪽
데오 산 너머에서 시작한다.

1930년대의 어느 때,
로이동이라고 불리는 마을이었다.

하루는 한 남자와 한 소년이 마을에 도착했다.
입고 있는 옷 말고는 아무 짐도 없었다.

남자는 아주 깔끔한 신사였다.

그는 재치와 준수한 외모를 이용해, 우리의 먼 친척인 촌장의 비서 일을 하게 되었다.

그리고 돈 많은 과부였던 촌장의 딸과 결혼하는 데에 성공했다.

그러나 그의 아들은 가족으로 받아들여 주지 않았다.

돈벼락 맞은 친구의 아들 이로구만!

아들은 나이가 들어 평범하고
몸집이 작은 여자와 결혼했다.
이 여자가 아들을 낳았는데,
바로 우리 아빠다.

우리 아이
남!

그들의 앞날이
탄탄했을 거라고는
생각지 않는다.

1940년이 되고 세계는
대혼란 속으로 빠져들고 있었다.

이미 제2차 세계
대전이 유럽에서
발발했다.

프랑스는 막 나치 독일에
항복하던 참이었다.

그리고 중국과 전쟁 중인 일본은
프랑스령 인도차이나의 북쪽 지역을
점령하기 위해 군대를 파견했고,
중국의 보급선을 차단했다.

전쟁 기간에
사람들은 어떻게든
삶을 꾸려가야 했고,
모든 수단을 동원해
살아남아야 했다.

아빠가 2살이었을 때, 아빠의 부모는 아빠의 할아버지가 꾸며 낸 수상쩍은 계획에 가담했다.

깔끔한 신사는 이미 아내를 속이고 있었다.

그는 아내가 집 주변에 아편 단지를 숨겨 놓았다는 것을 알았다. 아편은 쉽게 현금으로 바꿀 수 있었다.

노다지다!

그들은 단지 하나를 훔쳐서 함께 달아났다.

아빠는 북부의 울창한 숲과 산속을 걸어 롱손으로 향했다.

그곳에서 그들은 목재 수송업을 시작했다.

109

그러나 목재 수송은 그 지역의
베트남 반군과 프랑스군,
일본군 사이의 전투 때문에
자주 방해를 받았다.

게다가 뇌물을 바쳐야 할
프랑스 장교들이 너무 많았다.

설상가상, 어린 아빠가
병을 얻었다.

아이가
왜 그러지?

아이 몸이 불 같아요.
종일 온몸에서
열이 났어요.

젖은 나뭇잎
위에 누이고
자주 갈아 줘라.

아이가 여기서
죽을 수도 있겠어요!

정글은
아이가 있을
곳이 못 돼요!

다시 도시로
돌아가야겠어.

114

내가 5살 때,

우리 아버지는 골목 끝에 사는 예쁜 이웃집 여자와 사랑에 빠졌어.

당신은 왜 늘 밖으로 도나요?

내 일에 신경 쓰지 마!

쿵!

그러고 나서 …

…

어느 날 밤, 아빠는 보았다.

그의 아버지가
어머니를 심하게 구타하는 것을…

그리고 어머니를
집 밖으로 던져 버리는 것을…

그것이 아빠가 본 어머니의
마지막 모습이었다.

1945년, 기근이 절정에 달했던 때였다.

어머니는 어디로 갔을까?

살아 계시긴 할까?

대문간에 시신이 쌓여 갔다.

밤에 따뜻한 곳을 찾아 쉬려고 누운 것이다.

낮에는 수레에 실려 치워졌다.

이대로라면 곧 우리 차례야.

가족들은 뿔뿔이 흩어졌다.
아빠의 아버지와 할아버지는 제각기 자신의
생존에 초점을 맞추어 서로 다른 길을 택했다.

아빠의 아버지는 베트민*에 합류했다.
애인인 이웃집 여자가 베트민의 모집책이기도
했고, 또 무엇보다 밥을 주었기 때문이다.

아빠의 할아버지는 아내에게
의탁하기 위해 로이동으로 갔다.

굶주리고 아무도 보살펴 줄 사람이 없는
손자 때문에라도, 그의 거짓말과 외도,
도둑질을 아내가 용서해 주기를 바랐다.

아이를 봐서라도
용서해 주겠소?

*베트민 : 1941년 베트남의 독립 영웅 호찌민이 결성한 베트남의 공산주의적 독립운동단체.

아빠는 로이동에서 할머니의
보살핌을 받으며 굶주림에서 벗어났다.

그러나 다른 사람들은
여전히 굶주렸다.

내 거야!   내 거야!

남! 와서 씻도록 해라!
오늘 너희 아빠가 온단다.

그는 단지 떠나겠다는 인사를 하기 위해서 온 것이었다.

저는 혁명 투쟁을 하기 위해 떠납니다.

우리는 지주야, 이 멍청아! 우리한테 혁명이 도대체 뭐라고 생각하는 거냐?

가라, 내 눈앞에서 꺼져 버려!

내 아들은 어디 있어요? 이리 오라고 하세요.

여기요, 아빠!

아빠 이야기의 배경을 조사해 보기 전에는 나는 이 끔찍한 사건이 우리 가족사와 관련이 있을 것이라고는 상상도 못했다.

그리고 이 사건이 베트남 역사의 짧지만 희망적인 순간으로 안내하리라고는…

일본의 몰락은 인도차이나에 권력의 공백을 낳았다.

베트민 군대는 수도인 하노이를 점령했다.

우리는 베트남이 자유롭고 독립적인 나라임을 전 세계에 엄중히 선언한다.

그리고 1945년 9월 2일에는 호찌민이 베트남 민주공화국의 독립을 선언했다.

일본이 항복한 뒤,

아시아 연합국 군대의 일부였던 중국 국민당 군대가 인도차이나로 파병되었다. 그곳에 있던 일본군을 무장 해제시키기 위해서였다.

몇 년간 누더기 차림으로 굶주리고 있었던 국민당 군대는 무기를 베트민에 팔아 버렸다.

그리고 지역의 베트남인과 다양한 사적 접촉을 했다.

그 가운데 아빠의 어머니가 있었다.

그녀는 한 병사와 함께 중국으로 넘어 갔다.

아빠를 비롯한 가족들은 그녀가 죽었다고 생각했지만, 그녀는 살아남았고, 남부 중국에서 세 아이를 낳아 길렀다.

1945년은 민족 자주의 민주주의를 위해 북부와 남부의 베트남 지도자들이 연합하기 좋은 순간일 수도 있었다.

만약 그들이 연합에 성공했다면,

다가올 30년간의 전쟁을 피할 수 있었을 것이다.

수백만 명의 생명도 살 수 있었을 것이다.

내 삶도 어떻게 달라졌을지 누가 알겠는가?

그러나 프랑스가 돌아왔다.

우리는 우리의 유산을 되찾기 위해 왔다.

존재감 때문이었을까?

독일에 점령당한 뒤 상처 입은 정체성을 회복하기 위해서였을까?

아니면 그저 비탈을 굴러 내리는 똥덩어리였을까?

베트민은 북부 시골 지역으로 후퇴해서 게릴라식 저항을 했다.

소농과 소작농, 그리고 노동자들은 자기 명분에 따라 무리를 이루었다.

그들은 공산주의보다는 식민화를 지지하는 지주와 귀족들에 의해 오랫동안 이용당하고 착취당해 왔기 때문이다.

공산주의적인 소농과 비공산주의적인 소농을 구별하지 못하는 프랑스는 이 전쟁을 마을 주민들의 지옥으로 전락시켜 버렸다.

저들은 모두 똑같아 보여!

확실히 해 두기 위해 움직이는 것은 뭐든 쏴 버려!

땅 위에서는 군인들이 집에 불을 지르고 여자와 아이들을 죽였다.

타다다다다다당 탕탕···

와아아

아빠는 땅속에서
기다렸다.

밤이 되었다는 것도 공기 구멍을 통해 알 수 있을뿐이다.

다시 낮이 오기 전,

누군가 아빠를 찾으러 왔다.

프랑스 경비병이 사람들 소리를
듣고는 물을 향해 총을 쏘아 댔다.

두 베트민 병사는
달아났다.

마을 사람들은 어쩔 수 없이 뒤로 돌아

물을 헤치며 로이동으로 되돌아갔다.

마을 촌장은 프랑스 군에게 항복했다.

그들이 떠나길 바랐다.

이 마을은 더는 베트민이 아니다.

그러나 프랑스 군인들은 마을에 캠프를 세웠고 오랫동안 머물면서 음식과 보급품을 징발해 갔다.

그리고 아빠의 집 밖에서 베트민 용의자들을 처형했다.

어느 밤, 베트민이
마을 촌장에게 복수했다.

왜 우리를
배신했소?

그들은 촌장을 기둥에 묶어 놓고
때렸다. 말리는 사람은 아무도 없었다.

으악!

아악!

이봐, 영감.
다음번에는
숨통을 끊을 거요.

다음 날, 촌장은
가족을 불러 모았다.

더는 여기에
살 수 없겠다!

우리는 아버지를 두려워하며,
평화와 안전을 갈망했다.

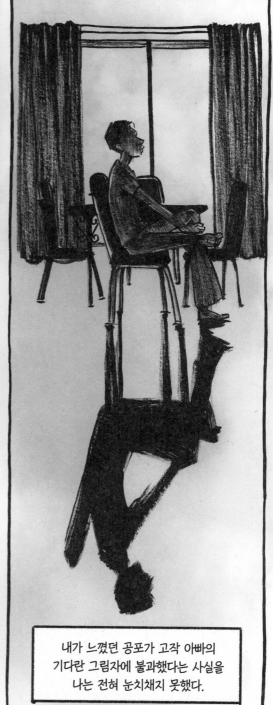

내가 느꼈던 공포가 고작 아빠의
기다란 그림자에 불과했다는 사실을
나는 전혀 눈치채지 못했다.

음,

그것이 나에게
어떤 의미였는지
알 거야.

그리고 왜 내가…

평범한 아빠가
될 수 없었는지도…

어렸을 때의 우리 엄마다.

사람들은 내가 엄마를
똑 닮았다고 한다.

그러나 나는 엄마의
옛 제자 말에 동의한다.

아이고! 항 선생님.
베트남에는 웬일이세요?

내 막내딸 티와
여행 중이야.

안녕하세요?

쟤는 선생님을 닮았는데,
선생님만큼 예쁘지는
않군요.

나는 절대 이만큼 예쁘지는 않다.

솔직히, 내가 예쁜 외모가 무엇인지 알 정도로 컸을 때, 엄마는 이만큼 예쁘지 않았다.

이것은 내가 10살 때 내가 그린 엄마의 모습이다. 내 기억에 엄마는 대개 작업복 차림에 찡그린 얼굴로 식탁 위에 6인분의 저녁 식사를 차리느라 분주했다.

드문 일이기는 하지만 엄마가 쉬고 있을 때는 이런 모습이었다.

엄마는 다정했고 오일 오브 올레이* 냄새가 났다.

엄마는 우리에게 과일이란 과일은 모조리, 심지어 포도까지 껍질을 벗겨 주었다.

오일 오브 올레이 : 미국 화장품 브랜드 올레이(OLAY)에서 출시한 화장품.

그러던 어느 날, 우리는 베트남에서 온 낡은 사진이 든 상자를 받았다. 그것은 우리 부모에게는 추억의 보물 상자였다.

그리고 나에게는, 어떻게 연결해야 할지 몰랐던 엄마의 화려한 과거를 들여다볼 수 있는 창이었다.

엄마, 꼭 영화배우 같아!

나도 좀 보여 줘!

엄마가 학교로 우리를 데리러 올 때면 란과 나는 한껏 우쭐했어.

다른 아이들이 엄마가 정말로 예쁘다며 눈을 떼지 못했지.

엄마는 정말 예뻤구나.

사진 속의 엄마는 내가 어린 소녀였을 때 되고 싶었던 모습처럼 보였다.

우리 집보다 훨씬 더 아름다운 집에 사는 공주님 …

내가 알고 있는 나라보다 더 고풍스럽고 낭만적인 나라에서 …

그것은 확인이었고 도피였다.

141

나는 성인이 되어, 이런 생각들을 약간 회의적인 태도로 다시 한번 따져 보았다.

대학원에서 나는 구술 역사 프로젝트… 그리고 이 책의 시작을 위해 가족들과 인터뷰를 했다.

프랑스 학교들…

계급 특권…

1950년대의 유행…

아마 엄마는 내가 엄마 인생을 판정한다고 느꼈을 것이다. 그래서 엄마는 이전 삶에 관해 우리 가족에게 얘기하는 것을 불편해 했을지도 모른다.

이유가 뭐든

엄마는 자신의 이야기를 나보다 내 남편 트래비스에게 더 편하게 털어놨다.

1943년, 내가 태어났을 때, 우리는 캄보디아의 수도에 있는 큰 집에 살았어.

우리 아버지는 토목 기사였어. 그는 프랑스를 위해 일하다가 나중에는 남베트남 정부를 위해 일했지.

그는 공공사업의 감독관이었어.
그래서 우리는 정부에서 제공하는 집에 살았지.

우리 집에는 하인, 요리사, 정원사, 운전사가 있었는데

모두 정부에서 월급을 대 주었어.

그러다 캄보디아에서 문제가 생겼어. 사람들이 베트남인들을 죽이기 시작한 거야.

그래서 우리는 베트남으로 돌아올 수밖에 없었어. 그 이후에 나는 냐짱에서 자랐지.

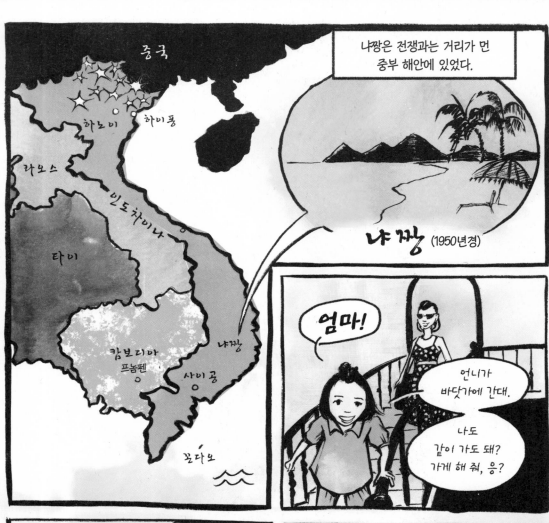

냐짱은 전쟁과는 거리가 먼 중부 해안에 있었다.

중국

하노이   하이퐁

라오스

인도차이나

타이

캄보디아
프놈펜

상이공

냐짱

냐짱 (1950년경)

꼰다오

엄마!

언니가 바닷가에 간대.

나도 같이 가도 돼? 가게 해 줘, 응?

모자를 쓰고 가렴. 그리고 햇볕 아래 너무 오래 있지 마라.

알았어, 알았어!

144

한동안은 내가
다섯 아이 가운데 막내였어.

모두 나를
'아가' 라고 불렀지.

그리고 우리 아버지는
나를 특별히 더 사랑했지.

와!
스쿠터잖아!
아빠, 고마워요!

그래도 있지, 나는
공부를 참 잘했어.

우리 아버지는 아이들을 전부 프랑스 학교에
보냈는데, 오빠하고 언니들은 공부를 못했어.

그리고 학비도
비쌌지.

그래서 몇 년 뒤에는 오빠와 언니들을
프랑스 학교 대신 베트남 학교로 보냈단다.

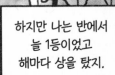

하지만 나는 반에서
늘 1등이었고
해마다 상을 탔지.

우리 부모는 내가 자랑스러웠고,
나는 학교를 마칠 때까지
프랑스 학교를 다녔단다.

내가 어렸을 때,
나는 늘 책에 얼굴을 파묻고 살았어.

너무 오래 읽지 마!
눈 나빠져!

알았어,
엄마.

세귀르 백작 부인의 책을
읽었던게 생각나. 그녀는
아이들을 위한 책을 썼지.

주인공은 늘 어린 소녀들이었어.

가난한 집 출신의
영리하고 착한 소녀들.

그리고 부잣집 출신의
못되고 재주가 없는 소녀들.
불공평한 현실.

이 책들은 모두 프랑스 말로
쓰여 있었어. 저학년 때는
베트남어를 가르쳐 주지 않았지.

무슨 책
읽고 있어?

뭐라고
쓰여 있어?

오빠나 언니들이 베트남어로 된
책을 읽을 때마다 나도 그것을
읽어 보려고 했어.

하하! 베트남어를
못 읽으면 똑똑하다고는
할 수 없는데.

나도 보여 주겠어!

그래서 나는 혼자서
베트남어 읽기 공부를 했지.

그런 다음 나는 하인들에게
읽는 법을 가르쳐 주었어.

하인들은 나를
돌보는 것을 좋아했지.

나는 그들이 실수했을 때
덮어 주었거든.

나는 엄마가 하인들을
때리는 게 싫었어.
그러나 엄마는 하인의
아이들까지 때렸어.

우리 모두는 엄마를 무서워했단다.

엄마는 늘 티 하나 없이 하얀 옷을
입고 외국 담배를 피웠어.

가끔 나는
엄마 무릎 위로 기어 올라가
엄마 냄새를 맡았지.

하지만 그때마다
엄마는 나를 밀어냈어.

148

이곳에서 일하던, 나보다 나이가 몇 살 더 많은
소녀가 있었어. 이름이 짠이었지.

아휴, 심심해.

이야기 하나만
해 줘.

그녀는 시골에 있는
자기 집 이야기와…

논에서 게를 잡고 놀았던
이야기를 해 주었어.

그 이야기들이
너무 멋지게 들려서
나는 방학 때 그녀의 집에
가게 해 달라고 졸랐지.

얼마 뒤, 짠의 부모는 짠을 결혼시켰어. 그래서 그녀는 우리 집 일을 그만두었지.

나는 절대 결혼 안 할 거야!

휴우 …

왜 그러니? 새 안경이 부서졌어?

아니! 언니, 이게 뭐야?

〈홍과 쿡〉이야.

연애 소설이야?

부모님은 연애 소설을 읽지 못하게 했어. 그래서 나는 몰래 읽었지.

그것은 부자와 가난한 사람 사이의 사랑 이야기였어.

프랑스에 맞서 반란군에 가담한 남자 주인공이 나와.

식민 지배자는 물러가라!

그래서 나는 그런 일을 하는 베트남 사람들이 존재한다는 것을 알게 되었어.

아버지의 동생인 내 삼촌은, 프랑스 지배에 맞서 조직을 만들고 독립운동을 했다는 죄목으로 체포당했지.

그들은 삼촌을 꼰다오에 있는 감옥에 가두었어. 프랑스인들은 꼰다오를 '풀로 콘도르'라고 불렀지.

삼촌은 처음 갇힐 때만 해도 공산주의자는 아니었어. 그런데 그곳 베트민 죄수들의 영향으로 그는 공산주의자가 되었지.

내가 프랑스 사람들이 어떻게 우리나라를 식민지로 만들었는지 알게 된 것은 베트남어로 된 역사책을 읽고서였어.

나는 점차 민족주의 성향을 띠기 시작했고, 민족에 대한 자부심을 느끼게 되었지.

자클린, 비앙 부아 세트 쇼스 마니피크!

아니야, 반. 우리는 베트남 사람 이잖아.

이제 학교 밖에서는 불어를 쓰지 말자.

냐짱에 있던 프랑스 학교에는 9학년까지밖에 없었어.
그래서 나는 아주 멀리 있는 고등학교에 다녔지.

우리 부모는 나를 한 가톨릭 여학교에 입학시켰어.
달랏에서 100km나 떨어진 곳이야.

우리 반 아이들은 늘 불어로 말했어.
학교 밖에서도 말이야.

몽 디외! 운전사 발 냄새
맡아 봤니? 분명 몇 주일
간은 안 씻었을 거야!

아빠, 부탁이에요! 나를 이곳에서
좀 데려가 주세요. 다들 친불파란 말이
에요! 게다가 수녀들은요 …

이번 주말에
이리로
오시겠다고요?

아빠!

엄마는 자신의 아버지가 한 프랑스 남자 때문에 신경 쇠약에 시달렸다는 사실을 한참 동안 눈치채지 못했다.

이 악질 프랑스인 상사는 그가 미칠 지경이 될 때까지 고통을 주었다.

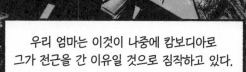

우리 엄마는 이것이 나중에 캄보디아로 그가 전근을 간 이유일 것으로 짐작하고 있다.

엄마의 아버지는 프랑스인 상사보다 경험과 배움이 더 많았지만, 프랑스의 지배 탓에 늘 그의 재가를 받아야 했다.

그는 옷을 찢고 아무에게도 말을 하지 않았다. 그리고 방 벽 전체에 글을 써 댔다. 그는 6개월 동안이나 요양원에 머물렀다.

너희들을 죽일 거야!

너를 예르생 고교에 보내 줄게. 남녀 공학이긴 하지만, 네가 지낼 수 있는 여학생 전용 기숙사가 있어.

예르생 고교 시절,
엄마에겐 인생 최고의
시간이었다.

공부를 열심히 했고,
비슷한 가치관을 가진 친구들을 만났고,
집에서 떨어져 살며 자유를 만끽했다.

언젠가는
결혼할 생각이니?

지금은
생각 없어.

나는 평생 공부만
하고 싶어. 할 수만 있다면
의사가 돼서 사람들을
돕고 싶어.

아이는 안
낳을 거야?

모르겠어.

하지만 딸이
생긴다면 …

학업을 마치고 경력을
쌓은 후에 남자를 만나라고
말할 거야.

결혼
=
덫

교육
=
자유

이런 생각으로 엄마는 자기를 따라다니는
남자들이 주변에 얼씬도 못 하게 했다.

156

하지만 나는 그다음에
무슨 일이 일어났는지 알고 있다.
엄마가 아빠랑 결혼한 것이다.

그는 엄마와 매우 다르다.
지금도.

어렸을 적 그들의 세계는 달라도 너무 달랐다.
도대체 그들은 어떻게 만나게 됐을까?

으르르,
왕, 왕!!

로이동 습격과 하이퐁으로의 이주 이후,
아빠의 생활은 나아지기 시작했다.
그리고 홀로 있는 시간이 많아졌다.

아빠의 할아버지 할머니는
상점가에 집을 빌렸다.

할머니는 그곳에서
앞쪽에는 잡화상을,
뒤쪽에는 양장점을 열었다.

할아버지는 중국의 전통 약을
조제해 팔았다.

그리고 그들은 아빠를 학교에 보냈다.

맨발로 다니다가

샌들을 신게 되었고

바지와 셔츠를 입었지.

빵과 버터를 먹고

햄을 먹고

잠봉이라고
불렀지.

초콜릿아이스크림도 먹고

자동차도 구경하고

자전거도 탔지.

전쟁에서 희생당한 사람들은 모두
누군가의 할머니, 할아버지,
어머니, 아버지, 형제, 자매,
자식, 연인이었다.

제1차 인도차이나 전쟁 10년간,
아직 어린 우리 부모님이
세상에 대해 배우고 있었을 때,

식민지를 되찾기 위해
대략 9만 4천 명의
프랑스 병사가 전사했다.

그들에 맞서 싸우거나
그들로부터 도망치다가
그보다 서너 배 많은 베트남
사람들이 목숨을 잃었다.

이것이 동남아시아에서
프랑스 식민 지배를 종식하기 위해…

그리고 베트남의 독립을 얻기 위해
치러야 했던 희생이었다.

마침내 아버지가 우리를 만나러 하노이로 왔어.

아들아!

아버지!

그래 … 여행은 괜찮았니?

음 … 예 … 괜찮았어요.

나는 여기서 마무리 지을 일이 몇 가지 있단다.

함께 갈 순 없지만, 네가 우리 가족을 만나보면 좋겠구나.

아버지는 우리에게 몇 개 마을을 거쳐서 가는 길을 알려 주었어.

하노이

플리모

하미 두봉

남딘

우리는 타이빈에 도착할 때까지 여행을 계속했어.
1945년 기근 때, 베트민에 쌀을 보급해 주었던 곳이지.

타이빈은 깊숙이 자리 잡은
공산당 점령 구역이었어.
하노이에는 여전히 서구식
잔재가 남아 있었지만,
이곳에는 극장조차 없었지.

그들이 선전 뉴스를
틀 때 밖에 스크린을
치던 것이 기억나.

그리고 경찰이
관객을 에워쌌지.

모두의 박수가 나와야 할 때,
가만히 있는 사람이 있는지 감시하는 거야.

그러다 걸리는 사람은
어딘가로 데려갔어.

공산국가 중국
(미국이 두려워하는 대상)

북베트남

공산주의 북부

미국의 지원을 받는 남부

북위 17도

남베트남

그해 여름 베트민은 프랑스와 제네바 협정을 맺었어. 베트남의 독립을 인정하고 2년 후에 있을 총선일을 정했지.

그리고 그동안은 북위 17도를 경계로 베트남을 둘로 나누기로 합의했어.

이미 많은 주민이 북부를 떠나 남부로 대이동을 하고 있었어.

그러나 물론 너는 여기 있어야 해. 우리는 다시 한 가족이 될 거야.

그건 아빠 생각이지요…

로이동에서 토지 개혁이 시작되자,
우리 할머니의 재산은 전부 몰수당했어.

우리가 만일 그곳에
있었다면 우리 또한
죽임을 당했을지 모르지.

나는 곧 아버지와 함께하겠다고
아버지를 믿게 만든 다음,
작별 인사를 했어.

하지만 마음속으로는 아버지에게
영원한 작별을 하고 있었지.

집에 도착하자마자 할머니와
나는 짐을 싸기 시작했어.

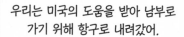

우리는 미국의 도움을 받아 남부로 가기 위해 항구로 내려갔어.

SANG PHIA TU DO : 같은 뜻의 베트남 말.

자유로 가는 길입니다.
SANG PHIA TU DO

아빠 할머니도 함께 떠나셨어요?

아니. 할머니와 할아버지는 사이가 틀어졌어.

아주 심했지.

두 사람이 다투고 난 어느 날 밤, 할머니는 문에 부딪혀 머리가 깨져서 쓰러지고 말았어.

나는 빌린 스쿠터 뒤에 할머니를 태우고 병원으로 모시고 갔어.

다음 날, 할머니는 집에 돌아왔고 할아버지를 떠났어.

177

1955년 3월, 국경이 막 닫히려 할 때,
할아버지와 나는 하이퐁을 떠났지.

하이퐁항에서 우리는 상륙용 배에 올라탔어.
제2차 세계 대전 당시 노르망디에서 사용하던
배와 비슷한 배였지.

사람들은 이 배를
'입 벌린 배'라고 불렀단다.

우리는 7시간 동안
배를 타고…

하롱베이에 도착했다.

CHAPTER 6
# 장기판

내가 대학을 졸업하고
뉴욕으로 갔을 때
느꼈던 경외감과 흥분…

1955년, 아빠가 사이공에
도착했을 때 느꼈던 감정도
분명히 그와 비슷했으리라.

아빠의 할머니는 할머니대로
마지막 큰 배를 타고
북부를 떠나 사이공에 도착했다.

할머니!

우리
다시 시작합시다!

싫어요,
나는 당신이
필요 없어요!

아빠의 할머니는 다른 두 여자와 함께 아파트를 빌렸다.

이쪽이에요, 아주머니!

그러나 운명은 할머니를 다시 믿음이 안 가는 남편에게로 이끌었다.

남부의 새로운 수상은 응오딘지엠이었다.

그는 아직 남부를 완전히 장악하지 못하고 있었다.

사이공에는 빈쑤옌이라는 마피아가 있었는데, 이들이 카지노, 매춘, 마약 거래를 장악하고 있었다.

응오딘지엠의 군대는 사이공 거리에서 빈쑤옌과 총격전을 벌였다.

탕 탕

탕 탕!

어느 날 밤, 아빠의 할머니 아파트 바로 문 앞에서 총싸움이 벌어졌다.

거리는 몰라볼 만큼 변해 있었다.

기적적으로 예전 이웃이 아직 골목에 살고 있었다. 우리 엄마를 알아보고는 우리와 이야기를 나누러 밖으로 나왔다.

남 씨의 부인이 아니시오?

여기, 이 집이 아주머니네 집이었죠?

아, 나는 저 집 같은데.

저 집은 깐 씨네 집이고…

깐 씨 부부는 저 집에 살았잖아요.

아니요, 저기는 자우 부인의 집이에요.

엄마, 저 아저씨 말이 맞아.

응, 맞다. 비크. 여기가 우리 집이야.

귀향에 대한 우리의 반응은 제각각이었다.

란은 이미 앞쪽을 돌아보고 있었고…

엄마와 비크는 제일 흥분해 있었고…

나와 탐은 추억하는 대신 기록하고 있었다.

186

그 집에 모르는 사람이 살고 있어서 안으로 들어가지는 않았다.

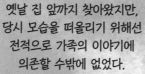
옛날 집 앞까지 찾아왔지만, 당시 모습을 떠올리기 위해선 전적으로 가족의 이야기에 의존할 수밖에 없었다.

이 가게가 우리가 가끔 아빠 담배를 사러 왔던 그 가게 같아.

여기는 우리가 자전거 타는 법을 배웠던 곳이네!

저기서 부터…

저 끝까지 말이야.

한 사람의 상인도 치지 않았지.

여기는 우리가 매일 갔던 커피집이야.

작은 컵을 들고 가서 아빠에게 줄 커피를 사 왔지.

연유를 타서

아편을 조금 섞으면

정말 향기가 좋았지.

찰칵!

란과 비크는 친구가 살던 골목길을 생각해 냈다.

란이 책을 읽으면서 걷다가 부딪혔던 가로등.

란을 놀리는 남자애를 비크가 때려 주었던 인도.

나는 기억나는 것이 별로 없어 조사를 계속 했다.

찰칵!

188

189

조지 시버첸의 보도 기사.

이 지역은 이라고 불렸다.

골목과 도로가 미로 같았기 때문이다.

이곳의 주민들은 대부분 가난한 근로자다.

그리고 슬럼가는 사이공의 폭력배와 범죄자들의 은신처다.

로어이스트사이드나 카스바*의 동남아 버전.

이것이 캐리커처라는 것을 나는 안다.

그래도 내 기억이 선명하지 않아, 다른 사람의 이야기에 의존할 수밖에 없었다.

로어이스트사이드. 나는 이 지역을 그렇게 그려야겠다.

*로어이스트사이드 : 미국 뉴욕주 맨해튼 동남 지구를 이르는 말. 흑인, 유대인 등이 많이 사는 빈민가이다.
카스바 : 북아프리카 도시의 토착민 구역. 특히 술집이나 사창가가 있는 지역을 말하는데, 알제의 것이 유명하다.

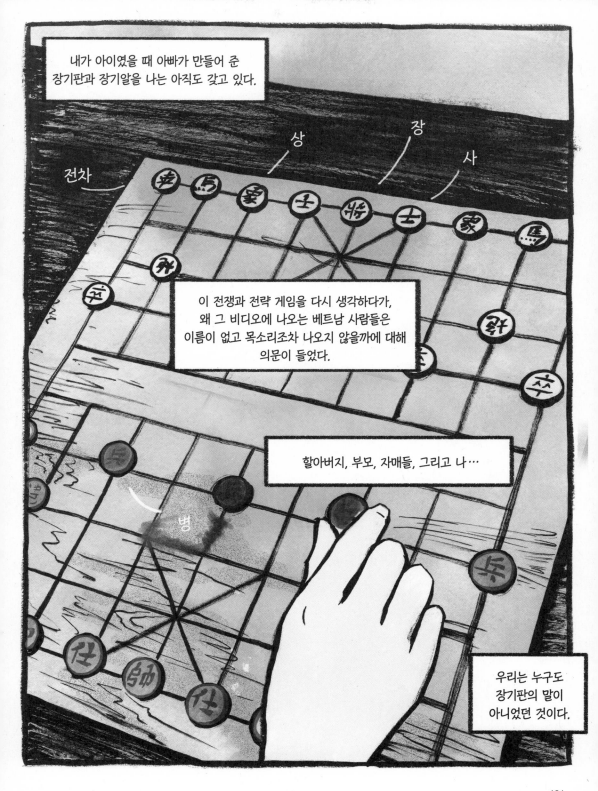

내가 아이였을 때 아빠가 만들어 준
장기판과 장기알을 나는 아직도 갖고 있다.

전차

상

장

사

이 전쟁과 전략 게임을 다시 생각하다가,
왜 그 비디오에 나오는 베트남 사람들은
이름이 없고 목소리조차 나오지 않을까에 대해
의문이 들었다.

할아버지, 부모, 자매들, 그리고 나…

병

우리는 누구도
장기판의 말이
아니었던 것이다.

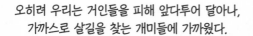오히려 우리는 거인들을 피해 앞다투어 달아나,
가까스로 살길을 찾는 개미들에 가까웠다.

이런 식으로 아빠의 할아버지
할머니는 살아남을 수 있었다.

그러는 동안 젊은 아빠는
좀 더 삶을 느낄 수 있는
무언가를 갈망했다.

내 현실은
비루했어.

그래서 나는
몽상가가 되었지.

프랑스 영사관은 내게 장학금을 주었어.
덕분에 사이공에서 제일가는 부자 학교에 들어갔지.

하지만 학교가 끝나면 비좁은
가축우리 같은 집으로 돌아와야 했어.

나는 파리에 가 본 적이 없다.

돈도 없었지…

그래도 나는 영화배우처럼 입고 다녔어.

한 벌밖에 없었지만…

나는 2층에 있는 카페에 가곤 했어.
거기 앉아 맥주를 주문했어.
그리고 만일 제임스 딘처럼 영화에 출연한다면 내 삶이 어땠을까 상상했지.

나는 장 폴 사르트르, 시몬느 드 보부아르, 당시 유행하던 작가들의 책을 모두 읽었어.

그리고 저항적인 음악을 들었지.

요즘 아이들이 입고 다니는 패션과 비슷하지?

그렇게 나는 나름대로 다른 사람들과 다르다는 것을 보여 주었어.

양말을 신지 않고 구두를 신었고, 셔츠 단추는 모두 풀고, 머리는 기르고 딱 달라붙는 바지를 입었어.

할머니는 그 시절 내내 첫 남편에게서 옮은 폐결핵 균을 몸속에 지니고 있었어. 그 위생이 엉망인 쥐구멍 같은 집에 살면서 할머니는 병이 도졌고, 그 병을 내게 전했어.

나는 치료를 받아 나았지만, 할머니는 치료를 멈췄어.

약을 먹으면 구역질이 나더구나.

그래서 우리는 다시 아프게 되었지.

나는 고등학교 마지막 학년에 병세가 깊어져 최종 시험에 떨어지고 말았어.

그래서 그해 가을 베트남 검정고시를 통해 고등학교를 졸업했단다.

그런데 마침 군사 징집이 시작되었어. 우리는 북부와 전쟁 중이었지.

18살 남자라면 입대를 해야 했어. 지엠 정권하에서는 돈만 있으면 빠질 수도 있었단다.

나는 전쟁을 하고 싶지 않았어. 하지만 나는 빽도 없었고 돈도 없었지.

그때 사범학교에 대해 알게 되었지.
그곳에 들어가면 매달 장학금을 받을 수 있었고,

졸업하면 교사로 발령을 받고
군대도 가지 않을 수 있었단다.

내게 미래를 잡을 수 있는 유일한 방법은
입학시험을 봐서 합격한 다음
교사의 길로 들어서는 것이었어.

내가 교사가 되었을 때,
나는 날 듯이 기뻤지.

그리고 그때, 1962년,

나는 너의 엄마를 만났단다.

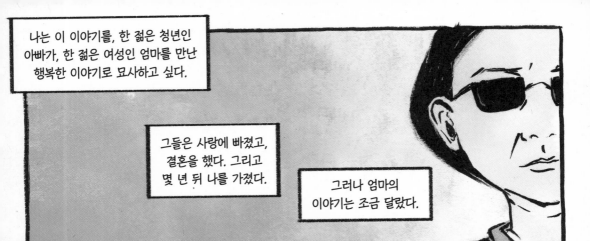

나는 이 이야기를, 한 젊은 청년인 아빠가, 한 젊은 여성인 엄마를 만난 행복한 이야기로 묘사하고 싶다.

그들은 사랑에 빠졌고, 결혼을 했다. 그리고 몇 년 뒤 나를 가졌다.

그러나 엄마의 이야기는 조금 달랐다.

내가 어린 소녀였을 때 나는 달랏에 있는 예르생 고등학교에 다녔어.

그 3년 동안이 내 평생 가장 좋았을 때지.

정말이요?

가장 행복했던 순간을 생각하다 보면 늘 그 시절로 돌아가.

지금 내 친구들은 베트남에서부터 친했던 친구들이야.

모두 그때부터 알던 친구들이지.

196

나는 몇 년 뒤, 준비가 끝났을 때, 이 주제의 뒤를 따라가 보았다.

엄마가 젊었을 적, 엄마의 목표는 의사가 되는 것이었다. 그러나 엄마는 그 꿈을 고등학교 때 포기했다.

나는 거의 40살

엄마는 기살

사춘기가 시작될 무렵 편두통과 잦은 실신이 찾아왔다. 그래서 엄마는 학교를 자주 빠져야 했다.

엄마는 **빽빽한** 과학 수업들을 따라갈 수 없다고 생각했다.

뭐든 엄마가 하고 싶었던 일을 할 수 있었다면 …

어떻게 됐을까요?

유학을 떠났을 거야.

뭔가 의미 있는 일을 했겠지.

그런데 왜 떠나지 않았어요?

나는 정말 베트남을 떠나고 싶었어.

그 사회는 너무 좁고 제한이 많았어.

뭐를 해야 한다는 둥, 뭐를 하면 이름을 더럽힌다는 둥 …

사람들이 나에 대해 뭐라고 하든 나는 신경 쓰기 싫었어.

나에게는 크리스마스 파티 사진이 두 장 있다. 말하자면 우리 부모님이 '만났던' 파티 사진이다.

그들은 수업 시간에 서로를 알게 되었다. 그러나 아빠 말에 따르면 엄마가 아빠에게 처음으로 눈길을 준 것은 파티 때였다.

나는 이 사진들에서 호르몬이 분출되는 것을 느낄 수 있다. 엄마는 19살…

아빠는 22살…

둘의 결혼과 첫 아이의 탄생까지가 아홉 달이 채 안 된다는 것을

아는 사람이 반드시 나만은 아닐 것이다.

그러나 이에 대해 말하는 것을 엄마는 불편해한다.

이렇게 되었단다.

그의 병이 나았어.

아마 우리 어머니는
그 결혼에 실망했을 거야.

어느 날 저녁,
두 사람은 영화를 보러 갔다.

그러나 내 생각에 첫 아이에 대한
어머니의 기대는 컸던 것 같아.

본 영화가 시작되기 전이면,

실례합니다.

뉴스를 상영하거나
영화 예고편을 틀어 주었다.

그날 밤에는, 메콩 삼각주
남부 지방 깊숙이 있는 아름답고
작은 마을인 하띠엔에 관한
다큐멘터리를 보여 주었다.

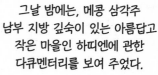

정말 아름답네.

저기에
가 보고 싶어.

그 해가 지나고…

아이를 잃고 난 후…

그들은 그 다큐멘터리를
생각해 냈다.

하띠엔에
교사 자리가 둘 났다.

그곳에 가서
모두 잊고 살자.

사이공 집에 있는
아빠의 할아버지와 할머니

돈은 보낼게요.

음식은 넉넉히
채워 놓았어요.

두 사람은 간단한 신혼여행 겸 길을 떠났다.

간섭할 어른도 없었고,
돌봐야 할 아이도 없었다.

두 사람이 벌었고

아름다운 마을은
그들을 환영했고 사랑했다.

그러나 이 무렵, 베트남 전쟁의 장기판엔 이미 포석이 놓여 있었다.

1965년이었다.

수만 명의 미군이 도착했다.

미군 비행기들은 농업 지역에 네이팜탄과 고엽제로 융단 폭격을 퍼부었다.

돈은 나머지 모든 것을 파괴했다.

미군의 피엑스를 통해
폭리를 취하는 사람도 있었다.

연줄이 있는 사람은 싼값으로 물건을 샀다.

그러고는 그 물건에 이윤을 붙여
친척이나 중간 상인에게 팔았고,

그들은 더 높은 값을 붙여 팔았다.

그 담배
얼마 주고
샀어요?

인플레이션이 하늘로 치솟는 동안…

교사들의 월급은 동결이었다.

아빠는 집에 돌아왔다.

그러나 그날 밤늦게…

경찰이다!
모두 밖으로 나와!

여자들은
이쪽으로!

남자들은
저쪽으로!

도대체 무엇을 수색 하는 거요?

철썩

이 히피 녀석, 머리 좀 잘라 버려!

아, 잠깐만요. 나는 교사예요.

머리를 밀고 내일 학교에 가면 학생들에게 뭐라고 말하란 말이에요?

음...

저쪽으로 가서 우리가 갈 때까지 숨어 있어, 알았어?

자기 민족을 범죄자 취급했다니까! 사람들이 미워하는 게 당연하지.

당신이 너무 극단적으로 받아들인 거 아니에요?

그 사람들은 그저 도시를 지키려고 한 건데?

음

그 유명한 사진 '사이공식 처형*'에 나오는 장군이었나요?

베트콩 죄수를 권총으로 사살한 사람 말이지? 맞아.

있잖아, 미국의 언론들이 전 세계에 방송해서 남베트남 장군을 나쁜 놈으로 만들었지?

그러나 그 베트콩이 바로 몇 시간 전에 자기 고향 사람들 전부를 몰살한 놈이라는 사실은 아무도 몰라.

*사이공식 처형 : AP통신 사진기자 에디 애덤스가 찍은 사진. 남베트남 군이 무고한 시민을 살해하는 장면으로 오해받아 미국 내 반전 여론의 불씨가 되었다.

하지만 아빠도 그 장군을 좋아하지 않잖아요.

안 좋아하지.

잠깐, 아빠는 그 장군을 싫어하는 거야, 아니면 변호하는 거야...

공산주의를 좋아하는 거야, 싫어하는 거야?

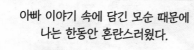

아빠 이야기 속에 담긴 모순 때문에 나는 한동안 혼란스러웠다.

그러나 미국이 생각하는 베트남 전쟁은 이처럼 지나치게 단순한 고정관념에 싸여 있다.

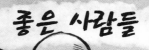

# 좋은 사람들

# 나쁜 놈들

베트콩
(남베트남의 공산주의 군사 조직)

보기가 힘들다

# 남베트남 사람들

술집 여자와 창녀들

부패한 지도자들

공짜만 찾는 아이들

주기만 하는 부모

작고 약해 빠진 남자들

(미국 남자)

이 유명한 사진으로 미국의 사진작가 에디 애덤스는 1969년 퓰리처상을 받았다. 하지만 그도 자신은 이 상을 받을 자격이 없다고 생각했다는 사실을 알고 나는 깜짝 놀랐다.

우리 아빠처럼 그도 이 처형의 맥락을 알고 있었다.

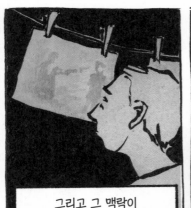

그리고 그 맥락이 이 사진에는 담겨 있지 않았다.

장군에게 자기 사진이 끼친 피해를 유감스럽게 생각하면서…

애덤스는 그 장군을 몇 년 뒤 미국에서 찾아냈다.

장군 출신인 그는, 우리 부모님과 다른 이민자들처럼 명예를 잃은 채

버지니아의 한 피자 가게 카운터에서 일하고 있었다.

'사이공식 처형'으로 인해
미국 여론의 향방은 완전히
반전으로 돌아섰다고 한다.

그리고 많은 미국 사람들은
베트남을 잊었을 것이다.

베트남 사람들에게 전쟁은 계속되었다.

베트남에서
전쟁을
당장 멈춰라!

미국의 개입 여부와 상관없이.

부모님 집 바로 옆에
로켓 하나가 떨어졌다.

이웃 하나가 죽었다.

친구들과 학생들이
전투에서 목숨을 잃었다.

자주 떨어져 살아야 했고

하띠엔은 너무 위험해. 애들을 데리고 사이공으로 돌아가.

끊임없이 돈 걱정을 해야 했다.

자궁 안에서 첫 아이가 죽고,

그리고 내가 태어났다.

남베트남이 패망하기 3개월 전이었다.

# CHAPTER 7
# 영웅과 패자

1975년 4월 30일, 그날의 이야기는 한 가지가 아니다.

오늘날 베트남 승자들은
그날을 **해방절**이라고 부른다.

우리 부모님처럼 해외에 거주하는 사람들은
그날을 **조국을 잃은 날**이라고 기억한다.

이것이 대부분의 사람이 떠올리는
사이공 함락에 관한 이미지다.

221

밖에 나가
봐야겠어.

조심해요!

이 이야기에 대한 미국식
버전은 이렇다. 남베트남의
비겁과 부패, 무능.

남베트남 군인들이
길에 내버린 군복과 군화.

구할 가치가 없는 나라를
구하기 위해 치러진
미국인의 희생.

공산군은 전투 한 번 치르지 않고
피 한 방울 흘리지 않고, 사이공에 입성했다.

어쩌면 즈엉반민이 항복한 덕분에
나도 목숨을 건졌을지도 모른다.

어느 날 저녁, 이웃집 감시자가 첫 번째 방문을 했다.

똑 똑

당 간부인가 보다.

신이시여!

좋은 냄새가 나네요?

무엇을 먹고 계시나?

언제나 이렇게 잘 먹고 사시오?

우리는 절반밖에 못 먹고 있어요.

와, 흰 쌀밥이네!

한번은 아버지가 우리를 일컫는 단어 하나를 가르쳐 주었다.

응우이

'잘못된, 거짓의, 가짜의'라는 뜻이다. 이 단어는 남부 사람 누구에게나 적용될 수 있었다.

끊임없는 감시와 불신. 그리고 우리 가족이 어느 순간이든 헤어질 수 있고 안전을 위협받을 수 있다는 느낌을 뜻했다.

얼마 후 아빠는
일터를 떠나야 했다.

내 생각에
당신은 신 경제
지역에 좋은 자원
인 것 같소.

신 경제 지역이란 그들이 불신하
는 사람들을 시골에 고립시켜서
중노동을 시키는 곳이었다.

비슷한 시기에 통화 변동도 있었다.

나쁜 녀석들! 아무리 돈을
많이 갖고 가서 바꾸어도

200동밖에
안 준다니까!

그것이 우리가
가진 돈 전부였어요.
이제 우리 가족은
한 달도 못 살겠군요.

나갈래!
담배 한 대
피워야겠어.

엄마는 우리 가족을 먹여 살릴
사람은 자기밖에 없다고 생각했다.

엄마는 공감할 수
없었지만,
아빠는 깊은
좌절감에 빠졌다.

이곳에는
미래가 없어.

우리 아이들은
초등학교 이상의 교육을
받지 못할 거야.

내게 너무 화내지 말거라.
서로 용서하고 잊기로 하자.

무엇을요?
다시 행복한 가족이
되자고요?

음, 꼭 그런 말은
아니야.

너도 네 아내 가족을
알잖니? 그들은
너무 ··· 응우이야.

엮이고 싶지는 않구나.

철컥

당신, 어머니께
편지 쓸 거예요?

그것이 두 사람의
마지막 순간이었다.

이렇게 세월이
흘렀는데 뭐라고 써?

당신 아버지가
자신의 반지를
제게 주었어요.

팔아 버려.

사이공으로 이주한 뒤
북부 사람들에게 판 소유물은

부지런한 엄마 덕분에
음식으로 바뀌었다.

살아남기 위한 일상의 싸움으로
엄마는 지쳐만 갔다.

게다가 끊임없는 감시는 엄마를 더욱더 힘들게 했다.

엄마,
왜 그래?

그냥 피곤해서
그래. 하이 삼촌
걱정도 되고.

잡혀간 지
일 년도 넘었잖아.
그런데 어디 있는지도
모르니.

학교는 어떠니?
공부는 잘돼 가니?

괜찮아. 레닌 같은
영웅에 대해 배우고 있어.
그리고 수상한 행동이 있을 때는
어떻게 신고해야 하는지 배워.

부모님이라도
신고해야 한대.

부모님은 서류와 각자
갈아입을 옷 한 벌씩을 쌌다.

한밤중에 그들은 우리를 깨웠다.

시간 다 됐어!

LAIT

너희들, 돌아오지
않을 거구나,
그렇지?

바보 같은
소리 말아요,
할머니.

며칠 있다
올 거예요.

그리고 저희
엄마가 이리로 와서
할머니를 보살펴
드릴 거예요.

조심해서 가거라.

그는 아주 늦게야 나타났다.

땅거미가 질 무렵, 우리는 껀터 부두에 도착했다.
보트와 다른 탑승자들이 우리를 초조하게 기다리고 있었다.

드디어!

242

*발륨 : 당시 많이 처방되던 안정제. 긴장, 근심, 불안 증상을 완화해 준다.

245

253

ZZZ ZZ

헉!

애들이
어딜 갔지?

염려 마.

애들은 저기
물가에서 놀아.

...

고맙습니다.

267

엄마가 돌아오자,
다시 질서와 평화가 찾아왔다.

엄마는 더 큰 천막에
보금자리를 만들어 주었다.

음식을 만들 구호물자들도 가져오고

우리 이름을 등록하고
증명사진도 찍었다.

란

남

BUI CHI LAN
BOAT # 65/KT/5
DOA : 15.3.1978

BUI THIEN NAM
BOAT No 65/KT/5
DOA : 15.3.1978
DOB : 20.9.1940

우리는 이제 **보트 피플**이다.

비크

티

항

BUI NGOC BICH
BOAT #65/KT/5
DOA : 15.3.1978
DOB : 16.1.1968

TRUONG NGOC HANG
BOAT No 65/KT/5
DOA : 15.3.1978
DOB : 19.9.1943

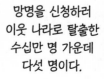

망명을 신청하러
이웃 나라로 탈출한
수십만 명 가운데
다섯 명이다.

273

난민 수용소는 새 보금자리를 찾는
사람들이 들르는 병목 같은 곳이다.

우리가 풀라우 베사르에
도착했던 1978년 3월,
수용소에는 이미 3천 명의
사람들이 있었다.

매주 프랑스, 캐나다, 호주, 미국 등
여러 나라의 대표단이 찾아왔다.

그 나라에서 새로 정착하기를
원하는 사람들과 면담을
하기 위해서였다.

우리 프랑스로 가요.
말이 통하잖아요.

미국에는 이미
누이 2명이 있잖아.

우리는 영어도 초금
할 줄 알고 말이야.

하지만
그곳에 우리가 아는
사람이 있어?

미국에 가서
불어를 가르칠 수
있을지도 몰라.

어떤 선택을 하든 도박이었다.
우리 부모님은 아주 적은 정보를
바탕으로 우리 미래를 결정했다.

난민 수용소는 많은 사람이
그들의 인생을 바꾸는 장소이기도 했다.

어떤 사람들은
수용소에서 만나

자기들을 부부로
등록하기도 했다.

어떤 사람들은 홀로 떠나온 아이들을
입양해 함께 정착하기로 했다.

어떤 사람들은 이름이나
나이를 바꾸기도 했다.

내 나이가 열 살만 젊으면
일자리를 찾기가 더 쉬울 거야.

내 나이를
열 살만 올리면
일찍 은퇴할 거야.

아이들에게 난민 수용소는 여러 가지로 완벽한 휴양지였다.

학교도 가지 않고

조개 잡는 해녀 구경하자!

내 등에 올라탈래?

오예!

물에 뜨는 연습 할래요!

비크? 오로르 학교 다녔던?

너 맞니?

허푸 허푸!

일상생활로부터의 탈출

부인은 불어를 아주 잘합니다. 부인 같은 사람에게는 달리 방도가 있을 거요.

엄마한테는 난민 수용소에서 어떻게 새 아기를 낳아 기를까 하는 걱정이 있었다.

엄마는 구걸해야만 하는 상황에 자존심이 몹시 상했고, 자신의 정직을 의심받는 데에 매우 화가 났다.

그날 저녁, 엄마는 출산에 들어갔다.

기저귀 하나도 없는데!

조금만 참아, 누나!

으으!!

으아아아앙!

세상에 한 생명을 낳기 위한 투쟁은
이 울음소리로 보상을 받는다.

때 묻지 않고, 명확하고 단순한
목적을 향한 혼자만의 투쟁.

그 뒤에 따라오는 아이의 삶은,
다른 이야기로 새롭게 쓰인다.

하루하루가 쉽지 않았다.

전에 살던 사람이 파 놓은 배수로에서 물이 흘러나와 마실 물이 오염되었다.

물을 끓이고 요리를 하기 위해 나무를 베어내다 보니, 수용소 주위를 에워싼 숲의 나무들이 줄어들었다.

제대로 된 화장실도 없었다.

아빠는 매일 우리를 데리고 멀리 나갔다가 장작을 가지고 돌아갔다.

그래도 우리는 운이 좋은 편이었다. 우리가 그곳에 머물렀던 것은 겨우 몇 달뿐이었다.

우리다!

세계의 반대편에서 엄마의 언니 다오와 남편이 우리의 미국 쪽 스폰서를 자처하며 서류 작업을 서둘러 처리해 주었다.

281

엄마 아빠는 우리가 잠을 자던 교회에서 작별 인사를 했다.

수용소에 있는 옛 학생에게서 30달러를 빌렸어요. 일부는 애들 새 옷을 샀어요.

우리는 많이 필요 없어요. 이 돈을 경비로 써요.

다음 날 아침

여기 영어 할 줄 아는 사람 있어요?

조금이요.

잘됐군요. 당신들 두 사람이 필요해요. 이 사람들을 데려다 줘야 해요.

하지만 저는 아이가 넷인걸요.

걱정하지 말아요. 나와 아내가 아이들을 돌보아 줄게요.

282

엄마가 탑승구를 알려 줘야 할 사람들이 100명쯤 되었다.

그 사람들의 체크인과

서류 작성을 도와주었다.

우리는 노부부 옆에 앉아 엄마가 사 준 허쉬 초콜릿을 먹었다.

마침내

우리가 비행기에 탈 시간이야!

승무원이 엄마에게 아기 바구니를 가져다주었다.
그러나 아이는 눕히려 할 때마다 울었다.

엄마에게는 천으로 된
기저귀 하나밖에 없었다.
그래서 엄마는 아이가 오줌을
쌀 때마다 냅킨으로 아이를
닦은 다음, 젖은 자리를 피해
기저귀를 다시 접었다.

똥만 싸지
말아라,
응?

언니들과 나는 비행기
모양 핀과 주스를 받았다.
안도감이 들었다.

284

마침내 1978년 6월 28일, 우리는 시카고 오헤어 공항에 도착했다.

엄마의 언니 다오와 그녀의 딸이 우리를 마중 나와 있었다.

미국에 온 걸 환영해!

이때 쿠알라룸푸르에서는

당신에게는 폐결핵으로 얻은 상처가 있어요. 하지만 전염은 안 돼요.

가도 좋소.

쿠알라룸푸르 공항

아빠 역시 짧은 영어로
망명자들을 돕기 위해 불려갔다.

잘 들어요.
항공사가 파업 중이에요. 여러분
모두 새 비행기 표를 끊어야 해요.

하지만 로스앤젤레스에서 아빠는 다른
사람들을 돕다 정작 자기 비행기를 놓쳤다.

안 돼!

어떡하지?

엉터리 영어와 손짓, 발짓 그리고 겨우
불어를 하는 관리자를 만나…

아빠는 알래스카 앵커리지로 가는
늦은 비행기를 탔다.

아빠는 미국에서의
첫날밤을 공항
벤치에서 보냈다.

아빠는 공중전화로 엄마의 언니와 통화를 시도했지만 성공하지 못했다.

로스앤젤레스에서 겪은 경험으로 인해 아빠는 신경이 곤두서 있었다. 대기실을 떠나지 못해 음식도 살 수 없었다.

마침내, 시카고 오헤어 공항에 도착했을 때,

아빠의 배는 텅텅 비어 있었고, 그만큼이나 위축되어있었다.

우리 사촌들은 나이가 많았고
이미 미국에서 산 지 3년이 되었다.

방금 막 보트에서 내린 우리 모습을
보고 그들은 아마 깜짝 놀랐을 것이다.

그렇게 난민들처럼
굴지 마! 그릇에 넣고
우유랑 같이 먹어!

나는 우유가 싫어요.
그리고 시리얼을 상자째
먹으면 어때서 그래요?

좋아. 적어도 우리 집 앞에서는
그렇게 먹지 마. 사람들이 모두 쳐다보잖니.

비크는 지역의 초등학교에 들어갔다.
학교에서는 특별 조회를 열어 비크를
모두에게 소개했다.

란은 중학교에 들어가서
정말 많이 헤맸다.

히 히 히

G..Y..M 이게
무슨 수업이지?

그리고 그녀가 마스터한 유일한
영어 문장을 유용하게 써먹었다.

캔 유 헬프 미,
플리스?

나는 탁아소에 갔다.
그곳은 혼란스럽고 외로웠다.

293

하지만 부모님은
그러지 못했다.

콜록!
콜록!

으앙!
으앙!

둘 다 폐렴이에요.

또 폐렴
이라고요?

폐렴으로 죽게 하려고
미국까지 그 먼 길을
애들을 데리고 온 게
아니라고요!

캘리포니아는
더 따뜻해요. 하오가
그러는데 우리가
일자리를 찾을 때까지
그곳에 있을 수
있대요.

하이도
거기 있고요.

297

# CHAPTER 9

# 불과 재

그해 겨울 우리는 미국 중서부를 떠났다.

더 따뜻한 날씨와 기회를 찾아 캘리포니아로.

엄마는 금세 우리가 지낼 아파트를 마련했다.

정착 초기에 우리는 부양가족이 있는
가정을 위한 식량 배급표와 지원을 받았다.

그러나 엄마가 일자리를 찾자,
복지 혜택은 중단되었다.

시급 3.35달러와 끝없는 감내.

조금씩, 조금씩.

부모님은 미국의 우리 집에…

그들의 꿈을 쌓아 올렸다.

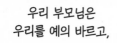

우리 부모님은
우리를 예의 바르고,

서로를 돌보며,

학교에서 공부도
잘하도록 가르쳤다.

그것은 의도된 가르침이었다.

추방되지 못한 악마에게서 무의식적으로 나오는

오랜 세월 생존을 위한 몸부림으로
형성된 의도하지 않은 가르침.

우리는 살아남기 위해 중요한 것이 무엇인지 배웠다.

학교에서는 항상 1등을 해야 한다!

문을 잠가라!

그리고 무엇이 중요하지 않은지.

내 마술 칠판 어디 갔지?

내 닥터 수스 책들은 다 어디 있어?

내가 버렸다. 그런 것들 갖고 놀기에는 너무 컸잖니?

사람들이 평생 모으는 물건들이 얼마나 많은지 알 때면 나는 늘 놀란다.

우리 가족은 우리 존재에 대한 기록이 거의 없다.

302

중요한 서류

우리의 가장 중요한 소지품은
바로 이 소박한 갈색 폴더였다.

이 속에 우리 부모님은 우리 신분을 알려 주는
가장 중요한 것들을 넣어 두었다.

번역해서 공증을 받은
우리의 출생증명서,

우리의 그린카드,

우리의 사회 보장 카드.

학교에 들어가면 우리는 각자
자신만의 갈색 폴더를 받았다.

이 폴더 안에 들어가게 되는 것은
우리 성적표,

증명서와 상장,

그리고 매년 찍은 학급 사진.

학창 시절의 개인 사진은 넣지 않았다.
그것은 너무 비쌌기 때문이다.

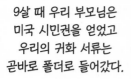

9살 때 우리 부모님은 미국 시민권을 얻었고 우리의 귀화 서류는 곧바로 폴더로 들어갔다.

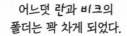

어느덧 란과 비크의 폴더는 꽉 차게 되었다.

그리고 상장은 나무 명판과 빛나는 트로피로 바뀌어 침실을 장식했다.

엄마의 직장 동료가 학교 행사에 우리를 태워다 주곤 했다.

왜 너의 남편은 아이들 시상식에 안 가니? 이해가 안 가.

그렇게 훌륭한 애들인데. 애들을 자랑하고 싶지도 않나?

휴우 … 그렇게 대놓고 자랑하는 것은 우리 정서에 안 맞아서 그래.

란과 비크가 고등학교를 졸업하고 대학에 갔을 때,

84년 수석 졸업

86년 차석 졸업

엄마는 시급 3달러짜리 조립 공정에서 일하며 자격증을 따 나갔다.

점심시간에 공부를 하고, 야간학교를 다니며 그렇게 경력을 쌓았다.

항, 당신은 아주 훌륭한 학생이에요.

다음 학기에는 조교로 일해 보지 않겠소?

어떻게 생각해요?

그럼 내가 계속 밤마다 당신을 태워다 줘야 한다는 뜻인데.

저도 면허 있어요.

제가 운전할 수 있다고요.

여기는 달라. 운전 못할 거야.

있잖아요, 내가 따 놓은 학점을 당신도 사용할 수 있어요.

그럼 좋아하는 공부를 할 수 있잖아요.

아빠는 그래픽 디자인 공부를 해 보기로 했다.

PLATT COLLEGE

그 사이에 엄마는 기계 도안 공부를 계속했다.

나는 두 사람이 그려 놓은 그림들을 보는 게 좋았다.

하지만 내가 더 좋아했던 것은 두 사람이 학교에 가는 밤이었다.
란과 비크가 우리를 돌보러 오기 때문이다.

두 가지 종류의
국수가 생각난다.

와, 고기육수?
호박과 버섯?

자기 전에 읽어주던
'일리아드' 이야기.

파리스는 헬레네를
납치해서 함께 도망을
쳤어요. 그러고는 …

아가멤논은 그리스 함대를 이끌고
트로이를 공격했어요.

나는 거기 누워서 함께 시간을
보내는 사치를 맛보곤 했다.

침대에 누워 이야기를 듣는
경이로움과 엄마 아빠가
없는 집에서 느끼는
이상한 자유로움.

306

내가 14살이었던 어느 날 밤…

티.

영화 보고 싶니? 아빠가 '다이 하드'를 빌려 왔네.

좋아요!

구정이었다.

부모님은 집에 있었다.

펑! 탁!

란과 비크는 점점 집에 오는 횟수가 줄었다.

우리 오늘 밤에 공부해야 해요.

탐과 나는 둘만 있을 때가 점점 많아졌다.

머리 좀 치워!

펑!

모두
2층으로 올라가요!

보통 사람들의
반응은 무슨 일인지
가서 보는 것이다.

딸끄

그러나 우리의 반응은
즉각 문을 잠그고,

침실에 가서
숨는 것이었다.

그런데 그때

펑!

불은 아래층에서
시작했다.

만성 폐질환을 앓는
노부부가

불붙은 담배를 그냥
두고 잠이 들었고,

그들의 산소통이
폭발한 것이었다.

이날 밤, 나는 우리 부모님이 내 전 생애를
위해 준비시킨 게 무엇인지 깨달았다.

베트남 문화의 승계 따위가 아닌 이것,
이것이 내가 물려받은 유산이다.

지랄 맞은 일이 터졌을 때 나오는
이 설명 불가능하고 기이한 도피 능력.

내 도피 반사작용.

괜찮다는 말을 듣고,

바로 그날 밤, 우리는 탄내 자욱한 우리 집으로 다시 들어갔다.

우리 아파트 내부는 여전히 멀쩡했다.

위험이 사라지자 우리는 중요한 서류들을 제자리에 돌려놓고…

그리고 잠을 자러 갔다.

# CHAPTER 10

# 밀물과 썰물

이런 일에 대해서는
준비가 아직 안 됐어.

끽 끽

나는,
부모가 되는 것에 대해
모르는 게 너무 많았다.

으아아앙

나는 아이가
두 시간에 한 번씩,
때로는 그보다 자주
젖을 먹는다는 것을 몰랐다.
낮이고, 밤이고.

그것이
매우 자연스러운
일인지도 모르지만,
젖을 물려 아이를
먹이는 일은
쉽지 않다.

아얏!

아이를 제대로 안기 위해서는
때로는 세 사람이 필요하다.

내가 다리를
잡을게.

아우! 이렇게
잡아야 하는데 …

내가 머리를
들게.

내가 얼마나 고생을 했는지
몰라주는 것 같아 무력감과
외로움도 느꼈다.

아직 안 끝났어요?
아기 검사 시간입니다.

나는 황달이 무엇인지도 몰랐다.

우리 아이가
노랗다는 게 무슨 뜻이에요?
쟤는 절반은 아시아 사람
이라고요.

아이를 두고 나만 내보내는
이유도 몰랐다.

관계자외
출입금지

광선요법*이
도움이 될 거예요.
아이가 소변을 많이
내보낼수록 독소가 더 많이
빠져나갈 거예요.

모유나 분유를
많이 먹이세요

모유를
먹일게요.
얼마나
걸릴까요?

말하기
어렵군요.

*광선요법 : 신생아의 황달 치료를 위해 사용한다.

315

트래비스와 나는 병원 건너편에
방을 하나 빌렸다.

그는 90분씩 자고
일어날 수 있게
알람을 맞추었다.

일어나서는 코트를 걸치고
길을 건너갔다.

빨리 걸어야
몸이 따뜻해질 거야.

안 돼, 아직
수술한 데가 …

아, 그렇지.
미안.

주어진 20분간 최대한 정성껏 아이에게 젖을 먹였다.

그리고 우리 방으로
돌아오기를 반복했다.

마침내 아이가 병원에서 퇴원했다. 젖을 먹이려고 아이를 안을 땐, 여전히 두 사람의 힘이 필요했다.

병원에서의 마지막 순간, 차를 잡으러 나간 트래비스를 기다리고 있을 때, 수유 상담사가 조심스럽게 물었다.

이거 한번 써 보실래요?

음 ... 그럴게요.

좋아요. 사용법을 알려 드릴게요.

스웨터를 내리고!

베개를 채우고!

아이를 감싸고!

가슴을 낸다!

그리고 ... 아이를 안는다!

자리를 비워 줄게요.

아이와 둘만 있으면서 처음으로
느끼는 만족감. 나는 느긋하게
아이에게 말을 걸기 시작했다.

Con ơi,
Mẹ nè.

(애야, 엄마란다.)

어린 시절, 내게 말하던 어머니의 목소리가
메아리처럼 들렸다.

그러나 나는 그 목소리가
내 목에서 흘러 나오는 것임을 느낄 수 있었다.

어렸을 때, 나는 엄마의 목소리가 아름답다고 생각했다.
엄마는 싫어했지만, 나는 그 쉰 듯한 목소리를 사랑했다.

엄마가 내게 말할 때,
엄마는 늘 부드럽고 음악적인 베트남어 톤으로 말했다.
높지 않고 뭔가를 긁는 듯하면서 애조 띤 그 목소리.
나는 늘 내 목소리가 엄마 목소리 같았으면 하고 바랐다.

우연히 나 자신을
'메'라고 부른 것.

그것은 내가 엄마의 신발을
몰래 신어 본 것과 다를 바 없었다.

그것도 아주 잠깐.

엄마를 내가 원하는 존재가 아닌,

독립적이고 자기 결정권이 있으며
자유로운 존재로 인정하는 것.

그건 다시 말해, 내 머릿속에 있는
엄마의 모습을 버리는 것이다.

응우옌반민
2008

쭈옹티난
2002

부이호우카이
2011

부티호우
1996

부이티미옌
1979

부이호우뚜옹
1974

나의 얼마나 많은 부분이 온전히 나 자신의
것일까? 얼마나 많은 부분이 내 피와 뼈에
각인되어 있고 운명 지어져 있을까?

나는 역사의 대폭발이 부모님의
인생에 먼지를 불어넣었다는
생각을 하곤 한다.

그 먼지가 그들의 피부를
뚫고 들어가 피의 일부가
되었다는 생각.

그래서 아빠의 아이인 나 또한 전쟁의 산물이기도 하다는 생각…

엄마의 아이인 나 또한
엄마의 기대에 미치지 못한다는 생각…

그들의 아이가 된다는 것은 간략하게
말해 부모의 과거 무게를 오롯이
느끼는 것을 의미할지도 모른다.

그 무엇도 나를 특별하게 만들지는 않는다.
하지만, 내 삶은 너무나 훌륭한 선물이며,
내가 절대 갚을 수 없는 빚이다.

이제 나는
고국을 되찾을 필요성을
느끼지 않는다.

부모님이 딛고 서 있는 땅은
늘 흔들린다는 것을 아는 만큼,
나는 이제 베트남의 역사를
이해한다.

내가 태어났을 때, 베트남은
결코 나의 나라가 아니었다.
나는 베트남의
작은 일부일 뿐이었다.

내 아이를 가진 뒤 나는 줄곧 이런 걱정을 했다.

아이에게 슬픔의 유전자를 물려주지 않을까?

또는 뜻하지 않게 내가
절대 치유될 수 없는 상처를 주지 않을까?

그러나 이제 10살이 된
내 아들에게서…

전쟁이나 상실 따위는
보이지 않는다.

심지어 트래비스와 나에게도.

지금 내게는 아주 우연히
내 인생과 꼭 묶여 있는
새로운 인생이 보인다.

그리고 그는
자유로울 수 있으리라는
확신이 든다.

감사합니다.

클래리사 & 찰리 & 팸 & 조디 & 니콜 & 마이클
크레이그 & 제이크 & 내 ACA 가족
팻 & 섬에 사는 모두
페이 & 딥티 & 제인
내 형제와 자매들
아빠와 엄마
H & T

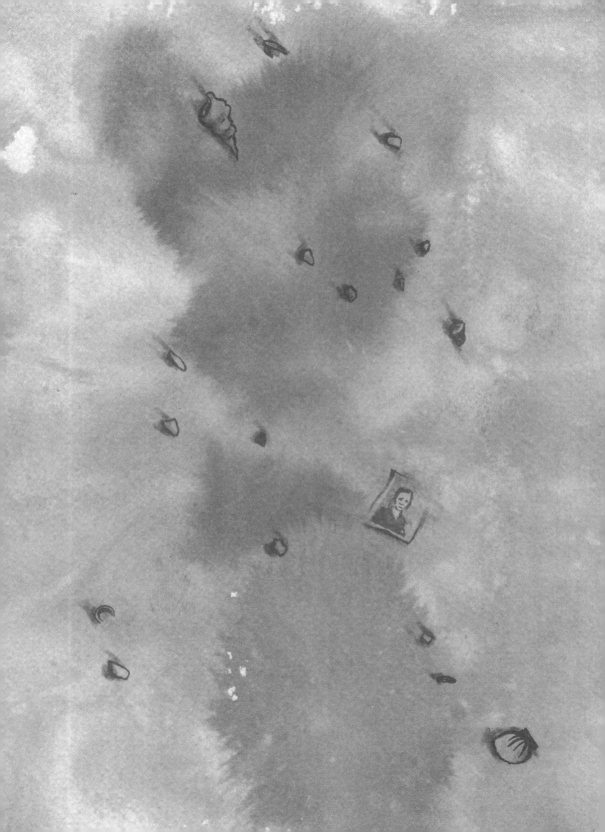